Det er Ales
저 사람은 알레스

<지식을만드는지식 소설선집>은
인류의 유산으로 남을 만한 작품만을 선정합니다.
오랜 시간 그 작품을 연구한 전문가가
정확한 번역, 전문적인 해설, 풍부한 작가 소개, 친절한 주석을
제공하는 고급 소설 선집입니다.

지식을만드는지식 소설선집

Det er Ales
저 사람은 알레스

욘 포세(Jon Fosse) 지음

정민영 옮김

대한민국, 서울, 지식을만드는지식, 2018

편집자 일러두기

• 이 책은 작품의 독일어판인 ≪Jon Fosse: Das ist Alise. Deutsch von Hinrich Schmidt-Henkel≫(Hamburg, 2003)를 원전으로 삼아 옮긴 것입니다.
• 이 작품에는 마침표가 없습니다.
• 필요한 경우 괄호 안에 원어를 병기했습니다.
• 외래어 표기는 현행 한글어문규정의 외래어표기법을 따랐습니다.

차 례

저 사람은 알레스 · · · · · · · · · · · · · · · · · 3

해설 · 103
지은이에 대해 · · · · · · · · · · · · · · · 112
옮긴이에 대해 · · · · · · · · · · · · · · · 121

저 사람은 알레스

나는 방의 그곳 의자에 누워 있는 싱네를 본다, 그녀는 오래전부터 익숙한 모든 것들, 오래된 탁자, 난로, 나무상자, 오래된 벽의 무늬목, 피오르드 쪽으로 난 창문에 시선을 향하고 있다, 그녀는 보는 것이 아니라 그리로 시선을 향하고 있는 것이다, 모든 것이 늘 그렇듯 똑같고 아무것도 바뀐 것은 없다, 그럼에도 모든 것은 다르다, 그녀는 생각한다, 그가 사라지고 돌아오지 않은 이후로 예전과 달라진 것은 아무것도 없다, 그녀는 여기 존재하는 것이 아니라 그냥 여기 있을 뿐, 날들이 오고 날들이 간다, 밤이 오고 밤이 간다, 그리고 그녀는 무언가 특별하거나 별다른 것 없이 느린 모습으로 따라간다, 그녀는 오늘이 무슨 날인지 알고 있는 걸까? 그녀는 생각한다, 그래, 목요일이고 달은 삼월, 그리고 연도는, 연도는 2002년, 무척 많은 것을 그녀는 알고 있다, 이미 무척 많은 것을, 하지만 오늘이 며칠인지, 그런 것은, 아니다, 그녀에겐 그런 게 떠오르지 않는다, 도대체 왜? 그런 게 의미가 있나? 그녀는 생각한다, 그녀는 그걸 알 필요가 없다, 그녀는 그럼에도 편안하게 내면의 평온함을 찾을 수 있다, 그가 사라져 버리기 전, 예전 그녀처럼, 그렇게, 하지만 1979년 십일월 말, 그때 그 화요일에 그가 사라져 버렸다는 사실이 다시 그녀를 덮친다, 그리고 곧바로 그녀는 다시 공허함에 놓인다, 그녀는 생각한다, 그리고 현관문으로 시선을 향한다, 그리고 문이 열리고, 들어와서 등 뒤로 문을 닫는 그녀 자신을 본다, 그리고 방으로 들어가는 자신을 본다, 그녀는 멈춰 선다, 그리고 그녀는 창으로 시선을 향한다, 그리고 그를 바라보는 그녀 자신을 본다, 그는 창가에 서 있고, 그녀는 방 안에 서 있는 자기 모습을, 길고 검은 머리에 검은 스웨터를, 그녀가 그를 위해 직접 떠 주었던 검은 스웨터를 입고 어둠 속을 내다보고 있는 그를 본다, 그는 추울 때면 거의 언제나 그 스웨터를 입고 있다, 그 사람이 저기 있어, 그녀는 생각한다, 그 사람은 저기 바깥의 어둠과 거의 하나야, 그녀는 생각한다, 그래, 그래서 내가 문을 열고 들어왔을 때 그가 거기 있다는 것을 처음엔 전혀 눈치채지 못했지, 생각하지 않아도, 인정하지 않아도, 그가 거기 서 있을 거라는 걸 어떻게든 알았을 테지만, 그녀는 생각한다, 그의 검은 스웨터와 창밖 어둠은 거의 하나, 그는 어둠, 어둠은 그, 하지만 그럼에도, 그녀는 생각한다, 그녀가 들어와 거기 서 있는 그를 보았을 때 마치 무엇인가 예상치 못한 것을 본 것과 같았다, 그는 자주 거기 창가에 서 있기에 그녀가 그 모습을 보지 못할 때는 거의 없다, 그녀는 생각한다, 혹은 그녀가 그 모습을 보긴 하지만 그가 거기 서 있는 것이 대부분 그렇듯 하나의 습관이 되어 버렸기에 어떤 식으로든 전혀 의식하지 못하는 것이다, 그런 일은 그녀 주변에서 일어나는 단순한 것이다, 하지만 지금, 그녀가 방에 들어왔을 때, 그녀는 거기 서 있는 그를 보았다, 그녀는 그의 검은 머리를, 그리고 그의 검은 스웨터를 보았다, 그리고 지금 그는 여전히 거기 서서 어둠 속을 내다본다, 그는 왜 그러는 걸까? 그녀는 생각한다, 그는 왜 그냥 저기 서 있는 걸까? 창밖에 무언가 볼 게 있다면, 그러면 그녀는 이해할 수 있을 것이다, 하지만 거기엔 볼 게 아무것도 없다, 단지 어둠뿐, 거의 캄캄한 무거운 어둠뿐, 기껏해야 어쩌면 자동차가 올 수 있을지도 모른다, 그러면 전조등 불빛이 도로 한 켠을 비출 수도 있겠지, 하지만 여기엔 그리 많은 자동차가 지나가지 않는다, 그녀는 그런 것을 원했었다, 그녀는 아무도 살지 않는, 가능하면 싱네와 어슬레, 그녀와 그, 둘뿐인 곳, 다른 모든 사람들이 떠난 곳, 봄이 봄이며, 가을이 가을이고, 겨울이 겨울인, 그리고 여름이 여름인 곳에서 살고자 했다, 그런 곳에서 그녀는 살고자 했다, 그녀는 생각한다, 하지만 지금, 볼 수 있는 게 어둠뿐이라면, 그는 왜 저기 서서 어둠 속을 내다보고 있을까? 그는 왜 그러는 걸까? 그는 왜 볼 게 아무것도 없는데도 저기 저렇게 자주 서 있는 걸까? 그녀는 생각한다, 그리고 결국 봄이 되면, 그녀는 생각한다, 결국 봄이 오면, 빛, 따뜻한 날들, 초원의 작은 나무들, 나무의 싹과 잎들이 피어날 것이다, 이 어둠, 이 영원한 어둠, 그것을 그녀는 견디지 못할 것이다, 그녀는 생각한다, 그녀는 바로 그에게 무엇인가 말해야 한다, 그녀는 생각한다, 그런데 예전과는 무엇인가 다른 것 같다, 그녀는 생각한다, 그녀는 방을 둘러본다, 모든 것은 늘 그렇듯, 아무것도 달라진 게 없는데, 그녀는 왜 무엇인가 달라졌다고 생각하는 걸까? 그녀는 생각한다, 왜 무엇인가 달라져야 했을까? 그녀는 왜 그런 것을 생각하는 걸까? 왜 무엇인가 달라졌다고 생각하는 걸까? 그녀는 생각한다, 그가 거기 창가에, 밖의 어둠과 거의 구분할 수 없게, 서 있기 때문이다, 하지만 최근에 그에게 무슨 일이 있었던가? 무슨 일이 일어났나? 그가 변했나? 그는 왜 그렇게 조용해진 걸까? 하지만 지금, 그렇다, 그는 언제나 조용했다, 그녀는 생각한다, 사람들이 보통 그에 대해 말하기 좋아했던 것, 그는 이미 언제나 조용한 사람이었다, 그러니까 결코 특별한 일이 아니다, 그는 그런 사람이다, 그의 태도는 늘 그렇다, 그런 식이다, 그렇지 않은가, 그녀는 생각한다, 하지만 그가 지금 그녀에게 몸을 돌린다면, 그녀에게 무엇인가 말을 한다면, 그녀는 생각한다, 그냥 무엇인가 말을 한다면, 하지만 그는 저기에 서 있다, 마치 그녀가 들어온 것을 전혀 알지 못하는 듯

거기 서 있네, 싱네가 말한다

그가 그녀에게 몸을 돌린다, 그리고 그녀는 어둠이 그의

눈에 들어 있음을 본다
  응, 그러고 있어, 어슬레가 말한다
  밖에 볼 게 많진 않잖아, 싱네가 말한다
  그래, 아무것도 없어, 어슬레가 말한다
  그리고 그는 그녀에게 미소 짓는다
  그래, 어둠뿐, 싱네가 말한다
  어둠뿐, 응, 어슬레가 말한다
  어딜 보고 있는 거야, 싱네가 묻는다
  나도 몰라, 어슬레가 말한다
  하지만 창가에 서 있잖아, 싱네가 말한다
  그러고 있지, 응, 어슬레가 말한다
  그런데 아무것도 보는 게 아니라고, 싱네가 말한다
  응, 어슬레가 말한다
  그럼 왜 거기 서 있어, 싱네가 묻는다
  말해 봐, 그녀가 말한다
  뭔가 생각해, 그녀가 묻는다
  아무 생각도 안 해, 어슬레가 말한다
  하지만 어딜 보는 거지, 싱네가 묻는다
  아무 데도 안 봐, 어슬레가 말한다
  모른다고, 싱네가 말한다
  응, 어슬레가 말한다

그냥 거기 서 있다고, 싱네가 말한다
응, 그냥 여기 서 있어, 어슬레가 말한다
그러고 있는 거, 맞아, 싱네가 말한다
내가 이러는 게 불편한가 보지, 어슬레가 말한다
아니, 그건 아냐, 싱네가 말한다
그럼 왜 물어, 어슬레가 묻는다
그냥, 싱네가 말한다
아하, 어슬레가 말한다
특별한 이유는 없어, 그냥 물어본 거야, 싱네가 말한다
아하, 어슬레가 말한다
그래, 여기 이렇게 서 있는 거야, 그가 말한다
뭔가 말할 때 꼭 특별한 이유가 있어야 하는 건 아니지, 그렇지, 그가 말한다
어쩌다 있을 수도 있겠지만, 그가 말한다
사람들은 어쨌든 뭔가, 무엇인가 말하지, 그런 거야, 싱네가 말한다
그래, 맞아, 어슬레가 말한다
무엇인가 말을 해야 하고, 싱네가 말한다
해야 하지, 어슬레가 말한다
그런 거지, 그가 말한다
그녀는 거기 서 있는 그를 보고 있고, 그는 자기가 어찌해

야 할지 잘 모른다, 그러다 그는 한 손을 들었다가 다시 떨군다, 그런 다음 그는 다른 손을 들어 앞으로 뻗는다, 그리고 먼젓번 손을 다시 든다
　뭘 생각해, 싱네가 묻는다
　아니, 특별한 거 아냐, 어슬레가 말한다
　아니라고, 싱네가 말한다
　아니면 그럴 수도 있고, 어슬레가 말한다
　그래, 그가 말한다
　그리고 그는 거기 서서 그녀를 바라본다
　난, 그가 말한다
　난, 그래, 난, 난 한 번쯤, 그가 말한다
　당신이 뭐, 싱네가 말한다
　그래, 어슬레가 말한다
　당신이 한 번쯤 뭐, 싱네가 말한다
　난, 어슬레가 말한다
　잠깐 피오르드에 나가 볼까 하고, 그가 말한다
　오늘 또, 싱네가 말한다
　그럴까 해, 어슬레가 말한다
　그리고 그는 다시 창 쪽으로 몸을 돌린다, 그리고 그녀는 다시 거기 서 있는 그를 본다, 그는 밖의 어둠과 거의 구별되지 않는다, 그리고 그녀는 다시 창가에 서 있는 그의 검은

머리를, 그리고 그의 검은 스웨터가 밖의 어둠과 거의 하나임을 본다

오늘 또, 싱네가 말한다

그는 대답하지 않는다, 그는 오늘 피오르드에 다시 나갈 것이다, 그녀는 생각한다, 하지만 바람이 분다, 그리고 곧 다시 비가 올 것이다, 하지만 그는 전혀 개의치 않을 것이다, 어떤 날씨라도 상관없이 그는 작은 보트를, 작은 나룻배, 나무배를 타고 나갈 것이다, 그녀는 생각한다, 그렇게 작은 보트로 피오르드에 나가는 걸 사람들은 어떻게 생각할까? 춥고 불편하고, 모든 게 물과 파도일 뿐인 피오르드, 여름에는 피오르드에 나가는 게 아주 좋을 수 있다, 피오르드가 새파라면, 피오르드가 파랗게 반짝이면, 피오르드에 햇빛이 비치고 피오르드가 고요하고, 모든 게 푸르고 푸르면, 피오르드는 아마도 매력적일 수 있을 것이다, 하지만 지금, 어두운 가을에, 지금 피오르드는 잿빛이고 검고, 색깔이 없다, 그리고 춥다, 파도는 거세고 불안하다, 그리고 겨울엔, 노 젓는 자리가 눈에 덮이고 얼어붙으면, 보트를 띄우고 싶을 때 얼음에서 벗어나기 위해 밧줄을 발로 차 떼어 내야 할 정도가 되면, 그럴 때면 피오르드 위에는 눈 덮인 얼음덩이가 떠다닌다, 그런데 무엇이? 피오르드에 무엇이 그렇게 매력적이란 말인가? 그렇다, 그녀는 납득하지 못한다, 그녀는 생각한

다, 아냐, 정말로, 그녀는 생각한다, 그것은 그녀에게 전혀 이해할 수 없는 일이다, 그가 혹시 낚시를 하려고, 아니면 그물을 치려고, 무슨 그런 일을 위해 이따금 피오르드에 나간다면, 하지만 아니다, 그는 매일 피오르드에 나간다, 더구나 어떤 날에는 두 번씩, 어두운데도, 비가 올 때도, 세찬 파도가 칠 때도, 계절에 상관없이, 그는 혹시 그녀와 함께 있는 게 싫은 걸까? 그래서 그는 늘 피오르드에 나가는 걸까? 그녀는 생각한다, 그 밖에 어떤 이유가 있을 수 있을까? 최근에 그는 변한 게 없다, 그는 여전히 밝을 때가 드물다, 거의 그럴 때가 없는 것처럼, 그는 무척 내향적이고 사람을 꺼린다, 누군가 오면 그는 슬그머니 사라지고, 누군가와 이야기를 나눌 때면 그는 그냥 서서 두 손을 어디에 둘지 모른다, 그는 자기가 무슨 말을 해야 할지 모르며, 그냥 서서 당황한다, 그런 모습을 누구나 보게 된다, 그녀는 생각한다, 그에게 무슨 일일까? 그녀는 생각한다, 그는 늘 어느 정도 그런 식이었다, 뭔가 소극적이고, 다른 사람들이 자신을 평가해주지 않는다고 늘 생각했다, 자기가 있는 것만으로도 다른 사람들을 방해한다고 생각했고 자신이 다른 사람들에게 부담이 된다고, 어떤 일이든 다른 이들이 원하는 것을 방해한다고 생각했다, 지금 상황이 어떻다는 것을 알지 못하고, 그리고 상황은 사실 점점 더 나빠지고 있다, 예전에 그는 사회

속에서 잘 견뎌 냈으나, 지금은 그렇지 못하다, 지금은 그녀 말고 다른 누군가가 있기라도 하면 바로 나가 버리고 스스로를 분리시킨다

피오르드에 나가려는 거지, 그 생각을 하는 거지, 아냐, 싱네가 묻는다

아무 생각도 안 해, 어슬레가 말한다

아무 생각도 안 한다고, 싱네가 말한다

응, 어슬레가 말한다

아무 생각도 안 해, 그가 말한다

그냥 여기 서 있는 거야, 그가 말한다

그냥 거기 서 있다고, 싱네가 말한다

응, 어슬레가 말한다

오늘이 무슨 날이지, 싱네가 묻는다

화요일, 어슬레가 말한다

1979년, 십일월 말, 화요일, 그가 말한다

믿을 수가 없어, 세월이 얼마나 빨리 가는지, 싱네가 말한다

응, 믿을 수가 없어, 어슬레가 말한다

십일월 말, 화요일, 싱네가 말한다

응, 어슬레가 말한다

그리고 그는 창가에서 떨어져 현관으로 간다

가려고, 싱네가 말한다

응, 어슬레가 말한다

어디로 가려는 거야, 싱네가 묻는다

잠깐 나가려고, 어슬레가 말한다

그래, 아무도 말릴 수 없겠지, 싱네가 말한다

응, 어슬레가 말한다

그리고 그녀는 난로로 가는 그를 본다, 그는 장작을 하나 집어 든다, 그리고 그는 허리를 굽히고 장작을 난로에 집어넣는다, 그런 다음 몸을 일으키고 불꽃을 들여다본다, 그는 그렇게 한동안 서서 불꽃을 들여다본다, 그러곤 현관으로 간다, 그녀는 잠시 머뭇거리는 듯, 다른 생각을 하는 듯, 문손잡이 앞에 멈춘 그의 손을 본다, 그녀가 그에게 무언가를 말해야 하나? 아니면 무언가를 그가 그녀에게 말해야 하나? 하지만 둘 중 아무도 말을 하지 않는다, 그리고 그가 문손잡이를 누른다

특별한 계획은 없는 거지, 싱네가 말한다

응, 응, 어슬레가 말한다

그리고 그는 문을 당겨 열고 밖으로 나간다, 그는 그녀에게 몸을 돌리고 무엇인가 말하려 했던 듯하다, 하지만 그는 등 뒤로 다시 문을 닫는다, 그녀는 생각한다, 할 말이 없다, 그는 그냥 문을 열고 나갔을 뿐이다, 그녀는 생각한다, 하지

만 그들 사이에 모든 것은, 모든 것이 좋다, 그들은 서로를 너무도 잘 안다, 사람들이 바라는 것처럼, 그들 두 사람, 그들 사이엔 한 번도 나쁜 말이 없었다, 그는 아마도 모를 것이다, 그녀는 생각한다, 그가 그녀에게 어떻게 잘해 줄 수 있는지, 그는 그다지 확신이 없고, 무슨 말을 해야 하는지, 어떤 행동을 해야 하는지 모른다, 그는 그녀에게 화를 내지도 않는다, 그녀는 여태껏 그런 걸 느낀 적이 없다, 그녀는 생각한다, 도대체 그는 왜 온종일 피오르드에 있으려 하는 걸까? 그 작은 배에, 작은 나무배에, 나룻배에, 그녀는 생각한다, 그리고 그녀는 의자에 누워 있는 자신을, 방 한가운데 서 있는 자신을 본다, 그리고 창가로 가서 밖을 내다보는 자신을 본다, 이제 조금 밝아졌네, 그녀는 생각한다, 거기 창가에 서 있는 자신의 모습, 지금은 이 계절에 가능한 만큼 밝다, 잿빛과 검은색이 함께하는 하늘을 인식할 수 있을 만큼 밝다, 그리고 피오르드의 다른 편 흐릿한 잿빛 산들을 지금 볼 수 있다, 그녀는 생각한다, 하지만 저 아래 국도에 무슨 일이 있나? 누가 저기에 있나? 누굴까? 저들은 무얼 하는 걸까? 나 자신이 저 아래 있는 건가? 화난 표정으로? 절망한 표정으로? 마치 내가 없어지고 사라져 버리는 것 같은가? 그렇게 보이는 걸까? 그녀는 생각한다, 도대체 저게 뭐지? 그녀는 생각한다, 하지만 아니다, 그녀는 여기 창가에 서 있다, 그녀는 여기 서서 밖을 내다본다, 그녀는 어떻게 자기가 저 아래 국도에 있다가 사라져 버린다는 생각을 하는 걸까? 그녀가 거기에서 밖을 내다보고 그런 생각을 하는 게 무슨 상관인가? 그래, 문제 될 게 없지, 그녀는 생각한다, 여기, 여기 창가에 서서 내다보고 있으니까, 하지만 여기, 여기 창가에 계속 머물러 있을 수는 없지, 그녀는 자주 그런다, 원래 그녀는 여기에 서서 시간 대부분을 보낸다, 여기에 서서 창밖을 내다본다, 때론 국도를, 때론 집길을, 그들은 집으로 난 길을 그렇게 불렀다, 그녀는 생각한다, 집길, 이 명칭, 그건 참 친근하게 들린다, 아마도 그건 도로의 일부에 이름을 붙이기 위해서였을 것이다, 그리고 그때 그들은 그곳을 집길이라 불렀다, 그들이 살고 있는 오래된 집에서, 오래된 아름다운 집에서 국도로 내려가는 도로, 이 집의 가장 오래된 부분은 수백 년 된 것이다, 한쪽은 조금 증축이 되었고 한쪽은 조금 개축이 되었다, 그리고 그녀는 이미 이십 년 넘게 여기에 살고 있다, 정말 그렇게 오래되었나? 그게 가능한 일일까? 그녀는 생각한다, 그러면 그녀가 그를 처음 만난 게, 검고 긴 머리를 하고 다가오는 그를 본 게 이십오 년 또는 그 정도, 그리고 바로 그 자리에서, 아마도 그랬다, 그와 그녀가 서로에게 속하게 된 것이 분명했다, 그랬다, 아주 간단히, 그녀는 생각한다, 그리고 그녀의 시선은 국도를 따라간다, 피오르드를 따라 굽이굽이 좁게 이어지는 국도를, 그런데 어디에서도 그가 보이지 않는다, 그녀는 생각한다, 그리고 그녀는 국도 아래 만(灣)으로, 보트 창고로, 보트 선착장으로 이어지는 길을 바라본다, 그리고 그녀는 그곳에 항상 그 자체로, 항상 변화하며 펼쳐져 있는 피오르드를 바라본다, 그런 다음 그녀는 피오르드의 다른 편, 산들을 바라본다, 밝은 암회색으로 가볍게 움직이는 하늘 아래, 검은색과 회색 사이 구분할 수 없는 암벽이 수목 한계선까지 급경사를 이루고 있다, 지금은 나무들도 검은빛이지만, 그것들이 다시 초록으로, 반짝이는 초록으로 물들면 얼마나 아름다울까, 그녀는 생각한다, 그리고 그녀는 다시 산을 바라본다, 저기 암벽 비탈이 급경사를 이루는 곳, 산이 숨을 내쉬는 것 같아, 아니, 이제 그만해야 한다, 그녀는 생각한다, 어떻게 산이 숨을 쉬나, 그런 생각을 할 수는 없어, 산은 숨을 쉴 수가 없지, 그녀는 생각한다, 하지만 그럼에도 그런 것 같다, 암벽 비탈이 점점 더 깊게 아래로, 처음엔 나무들, 그 다음엔 언덕과 목초지, 그리고 집 몇 채, 여기저기 집 몇 채가 흩어져 있는 곳까지 급경사를 이루는 가운데 산이 숨을 쉬고 있는 것 같다, 군데군데 또한 집 몇몇 채가 조밀하게 나란히 붙어 있다, 그리고 아래 피오르드에 그녀는 좁은 선을 식별할 수 있다, 그것은 해안에 이르기까지, 느슨하고 힘없이 산을 돌아 사라지기 전, 다시 피오르드로부터 멀어졌다가 다시 아래로 굽이쳐 이어지는 국도다, 그런 거야, 그리고 지금은 모든 것이 검은빛과 같아, 지금 늦가을에는 그런 거지, 그리고 그렇게 긴 겨울을 지나는 거지, 그녀는 생각한다, 하지만 봄에는, 여름에는, 그때는 다르지, 그때가 되면 모든 게 다 정말 깨끗한 파란색이고 반짝이는 초록이야, 그러면 하늘과 피오르드가 서로 마주하고, 그 둘은 푸르디푸르고, 그 둘은 경쟁하듯 반짝이지, 그래, 그랬어, 그리고 다시 그럴 거야, 그녀는 생각한다, 하지만 지금 그녀는 더 이상 창가에 있을 수가 없다고 생각한다, 무엇 때문에 자주 이러는 걸까? 그리고 이제 그녀는 그렇게 자주 생각했듯, 어딘가 다른 곳에서 그럴 수 있듯 여기에, 여기에 서 있을 수 있다는 생각을 그만해야 한다고 생각한다, 그리고 그녀는 서서 피오르드 한가운데쯤 한곳을 바라본다, 그리고 그곳을 바라보는 동안 그녀는 몽상에서 벗어난다, 그리고 그녀는 의자에 누워 있는 자신을, 창가에 서 있는 자신의 모습을 본다, 그리고 그녀는 생각한다, 그녀가 지금 거기 서 있는 자기 모습을 보듯 그도 자주 그렇게 거기에 서 있었다, 그가 사라지고 다시는 돌아오지 않기 전에, 완전히 사라지기 전에, 그녀가 지금 거기 서 있는 자기 모습을 보듯, 그도 자주 그렇게 거기 서 있었다, 그때 그는 그렇게 거기 서서 오래도록 밖만 내다보고 있었다, 그리고 창밖의 어둠은 검은색이었고, 그는 거기 밖의 어둠과, 아니면 거기 밖의 어둠이 그와 거의 구별되지 않았다, 그녀는 그렇게 그를 기억한다, 그랬다, 그는 그렇게 서 있다가 잠깐 피오르드에 나가 보련다고, 뭔가 그런 말을 했다, 그녀는 생각한다, 그녀는 한 번도 아니면 거의 한 번도 그와 함께 나간 적이, 물에 나간 적이 없다, 그건 그녀에게 아무것도 아니었다, 그녀는 생각한다, 어쩌면 그와 자주 나갔어야 했을까? 그때 그날 저녁 그와 함께 갔더라면, 그런 일은 벌어지지 않았을까? 그랬다면 그는 지금도 여전히 여기에 있을까? 하지만 그런 건 생각하지 말아야 해, 그건 아무 소용도 없어, 그녀는 생각한다, 그녀는 한 번도 보트에 함께 탈 생각이 없었다, 하지만 그는 그걸 좋아했다, 그는 그렇게 자주 그럴 수 있었다, 그는 보트로 피오르드에 나갔다, 늘 같았다, 매일 다시, 어느 날은 두 번씩, 그녀는 생각한다, 그는 사라졌고 다시 돌아오지 않았다, 그냥 사라져 버렸다, 그리고 그녀는 홀로 남았다, 그들에겐 아이가 없었기 때문에, 그녀와 그, 항상 둘뿐이었다, 그녀와 그, 그녀는 생각한다, 그는 여기에 있었다, 그러다가 그는 떠났다, 사라졌다, 그가 그녀에게 다가왔다, 그는 검고 긴 머리를 하고 그녀에게 곧장 다가왔다, 그녀는 그를 한 번도 본 적이 없었다, 그는 그때 그녀에게 그냥 다가왔다, 그런 다음, 그렇다,

그들은 긴 시간 기다렸다, 하지만 그녀는 그에게 이끌렸다, 그녀는 생각한다, 그리고 그녀는 그와 함께 살았다, 그녀는 생각한다, 그와 함께 머물렀다, 긴 세월이었다, 하지만 그런 다음, 그렇게 갑자기, 그때 그가 그녀에게 왔던 것처럼, 그는 사라져 버렸다, 그리고 지금, 그녀가 그를 마지막으로 본 뒤로 많은 세월이 흘렀다, 아무도 그를 더 이상 보지 못했다, 그는 그냥 가 버렸고 사라졌다, 나가 버렸고, 가 버렸다, 그 날, 그가 가 버릴 때, 사라질 때, 무슨 말을 했었나? 그는 갈 때 무슨 말을 했었나? 그때 무슨 말을 했던가? 아마도 잠깐 피오르드에 나간다고? 그가 늘 하던 말, 그러니까 보트를 타고 피오르드에 나가려고 한다고? 아마도 잠깐 낚시를 하겠다고, 그런 말을 했을 것이다, 아마도 그런 식으로, 늘 그렇듯이 그런 말을 했을 것이다, 그가 자주 하던 어떤 말, 그가 늘 말하던 평범한 단어와 문장들, 사람들이 늘 하는 그런 말, 그는 그런 말을 했을 것이다, 그녀는 생각한다, 그리고 창문을 바라본다, 그녀는 창가에 서서 밖을 내다보는 자신을 본다, 그리고 방으로 들어가는 자신을 본다, 그리고 그녀는 장작을 하나 들고, 허리를 굽히고 그것을 난로에 집어넣는 자신을 본다, 그리고 그녀는 몸을 일으키고 현관문 쪽을 바라보는 자신을 본다, 현관문이 열리고, 문에는 그가 서 있다, 그리고 그가 방으로 들어와 등 뒤로 문을 닫는다

잠깐 피오르드에 나가 보려고, 어슬레가 말한다

아, 그러려고, 싱네가 말한다

조금 더 밝아졌어, 어슬레가 말한다

응, 오늘은 더 밝아지진 않을 거야, 싱네가 말한다

어쨌든 잠깐 나가 보기엔 충분히 밝아, 어슬레가 말한다

그래, 당신은 그렇게 따지지 않으니까, 싱네가 말한다

그렇지, 어슬레가 말한다

그럼 잠깐 나가 볼게, 그가 말한다

나가 봐, 싱네가 말한다

당신은 보트 타고 나가는 걸 절대 싫증 내지 않으니까, 그녀가 말한다

그래 보이는 거야, 어슬레가 말한다

그래 보인다고, 싱네가 말한다

그래, 어슬레가 말한다

그럼 왜 매일 나가는 거야, 싱네가 말한다

그냥 그러는 거야, 어슬레가 말한다

그냥 그러는 거라고, 싱네가 말한다

응, 어슬레가 말한다

하지만 그걸 특별히 재미있어하는 건 아니잖아, 싱네가 말한다

그래, 어슬레가 말한다

그런데 왜 집에 있지 않는 거야, 싱네가 묻는다

그럴 수도 있는 거지, 어슬레가 말한다

그럴 수도 있는 거지, 지금 농담해, 싱네가 말한다

어쩌면 난 보트 타고 밖에 있는 걸 좋아하는지도 몰라, 어슬레가 말한다

그리고 그들, 두 사람은 바닥을 바라본다, 두 사람은 그렇게 서서 바닥을 바라본다

당신은 나랑 여기 있고 싶지 않은 거야, 그런 거지, 싱네가 말한다

아니, 그건 아냐, 어슬레가 말한다

하지만 당신 보트는 너무 작아, 싱네가 말한다

난 그 보트가 좋아, 어슬레가 말한다

난 벌써 오래전부터 그걸 갖고 있었어, 긴 세월, 예쁜 보트지, 예쁜 나무 보트야, 당신도 알잖아, 그가 말한다

그래, 알아, 싱네가 말한다

내 말은 예쁘지 않다는 거지, 갈색에 오히려 흉해 보인다고, 그녀가 말한다

난 더 예쁜 보트를 본 적이 있어, 그녀가 말한다

난 그 보트가 좋아, 어슬레가 말한다

좀 더 큰 보트를 구할 수도 있지 않을까, 좀 더 안전한 걸로 하나, 싱네가 묻는다

새 보트엔 관심 없어, 어슬레가 말한다

도대체 그 보트의 뭐가 특별하다는 거지, 싱네가 묻는다

그 보트를 만든 사람을 알고 있었지, 그 사람이 날 위해 보트를 만들어 줬어, 어슬레가 말한다

그 보트를 만든 사람은 평생 보트를 만들었어, 그리고 언젠가 날 위해 하나를 만들었지, 그가 말한다

난 그 사람이 그 보트를 만드는 동안 늘 가서 들여다봤어, 그가 말한다

그래, 싱네가 말한다

응, 당연히 당신도 그걸 기억하지, 어슬레가 말한다

당연히, 싱네가 말한다

만(灣)의 요한네스가 그 보트를 만들어 줬어, 그렇지, 어슬레가 말한다

그 사람 이름이 그거였지, 그래, 싱네가 말한다

만의 요한네스, 사람들이 그 사람을 그렇게 불렀어, 어슬레가 말한다

그리고 몇 년 전에 죽었지, 그가 말한다

세월은 빨리 지나가, 그가 말한다

만의 요한네스는 평생 보트를 만들었어, 그리고 내 건 그 사람이 마지막에 만든 것들 중 하나였지, 그가 말한다

하지만 당신 것은 그 사람이 평소 만들던 보트보다 작게

만든 건 아니었나, 싱네가 말한다,

　응, 어슬레가 말한다

　조금 작았지, 그가 말한다

　난 좀 작은 걸 원했어, 그가 말한다

　도대체 왜, 싱네가 말한다

　그게 더 예뻐, 어슬레가 말한다

　하지만 그 보트는 다른 보트처럼 바다에서 타기에 적절하진 않잖아, 싱네가 말한다

　그래, 아주 적절하진 않지, 어슬레가 말한다

　그리고 그녀는 다시 현관으로 가는 그의 모습을 본다

　가려고, 싱네가 말한다

　그는 멈춰 서서 그녀를 바라본다

　응, 어슬레가 말한다

　하지만, 싱네가 말한다

　알아? 어슬레가 말한다

　그냥 잠깐 산책할 거야, 피오르드에 나가기엔 오늘 바람이 너무 세, 그가 말한다

　그럼 좋아, 싱네가 말한다

　그냥 잠깐 산책, 어슬레가 말한다

　응, 편하게 산책 가, 싱네가 말한다

　바람이 끔찍하게 심해, 꽤 어둡기도 하고, 지금이 하루 중

가장 밝을 때인데도, 그녀가 말한다

 응, 어슬레가 말한다

 그리고 그녀는 그가 현관문을 나가 등 뒤에서 문을 닫는 모습을 본다, 그리고 그녀는 의자에 누워 있는 자신을, 부엌문으로 나가는 자신을 본다, 그리고 그녀는 생각한다, 그녀는 여기 의자에 무척 많이 눕는다, 그가 있었을 때처럼, 그녀는 여기 눕거나, 아니면 창가에 서 있다, 그녀는 왜 항상 문으로 들어오는 그를 보아야 하는 걸까? 그리고 그녀는 왜 항상 창문 옆에 있다가 방으로 들어가 거기 서 있는 자신의 모습을 보아야 하는 걸까? 그녀는 왜 항상 거기 서서 그에게 무언가 말하는 자신의 모습을 보아야 하는 걸까? 그리고 그녀는 왜 그가 하는 말을 들어야 하는 걸까? 자기가 하는 말을 들어야 하는 걸까? 왜 그런 걸까? 그가 왜 아직 거기 있나? 한참 전 그가 나가 사라진 이후로, 그는 떠나 있는데, 하지만 늘 그가 여기에 있는 것만 같다, 그녀는 문이 열리는 것을 본다, 그녀는 그가 문에 서 있는 것을 본다, 그녀는 그가 방으로 들어오는 것을 본다, 그리고 그가 자주 하던 말을 하는 걸 듣는다, 이런 식이고 또 앞으로도 그럴 것이다, 그가 영원히 떠났음에도, 그는 여기에 있다, 그는 늘 하던 말을 한다, 그는 늘 갔듯이 간다, 그는 늘 입던 대로 옷을 입고 있다, 그녀는 생각한다, 그리고 그녀, 그녀는 어떤가? 그렇다, 그녀는 의자에 누워 있거나 거기 창가에 서서 밖을 내다본다, 그녀는 늘 거기 서 있었고 밖을 내다보았기 때문이다, 그녀는 생각한다, 그렇다, 그녀는 그때처럼 오늘도 거기 서 있다, 아니면 여기 의자에 누워 있다, 그녀는 생각한다, 그리고 그녀는 부엌에서 나오는 자신을 본다, 그리고 그녀는 창가로 가 창가에 서 있는 자신을 본다, 그리고 그녀는 생각한다, 여기 의자에 눕는 것, 더 이상은 그러지 못하겠다, 이해할 수가 없어, 그녀는 생각한다, 왜 이럴 뿐일까? 왜 여전히 그가 살아 있는 것 같을까, 그가 사라져 버리기 전에 그가 그렇게 자주 그랬듯이 그가 왜 지금 집길을 내려갈 것 같을까, 그가 집길을 내려가는 모습을 본 지 긴 세월이 흘렀음에도, 그가 바로 지금 집길을 내려갈 것만 같다, 그녀는 생각한다, 그리고 그녀는 창가에 서서 어둠 속을 내다보고 있는 자신을 본다, 그녀는 생각한다, 거기, 거기에서 그녀는 창가에 서 있는 자신을 본다, 거기에서 그녀는 집길을 내려가는 그를 본다, 그리고 그녀는 그가 머리에 쓴 오래된 연노랑 모자를 본다, 그리고 그는 분명 그럼에도 피오르드로 나갈 것이다, 그녀는 생각한다, 그리고 그녀는 몸을 돌려 의자를 바라본다, 그리고 그녀는 거기 의자에 누워 있는 자신을 본다, 이런 일은 결코 있을 수 없어! 하지만 그녀는 여기 창가에 서 있다, 그리고 지금 그녀는 거기 의자에 누워 있는 자신을 본다, 누워 있는 그녀는 무척 나이가 들고, 너무 힘없어 보인다, 그리고 그녀의 머리는 많이 세어 버렸다, 하지만 그녀의 머리는 여전히 길다, 정말로, 그걸 한 번쯤 상상해 볼 일이디, 그녀는 여기 창가에 서서 밖을 내다본다, 그러다가 의자를 바라보고 거기 누워 있는, 나이 들고 머리가 센 자신을 본다, 그녀는 생각한다, 그리고 그녀는 난로를 바라본다, 그리고 거기, 난로 옆, 의자에 앉아 있는 자신을 본다, 이런 모습까지! 그녀는 자기가 나이 들고 머리가 센 모습으로 의자에 누워 있는 자신을 보고 있다는 생각만큼은 할 수 없다, 그래도 그녀는 거기 난로 옆 의자에 앉아 있는 자신을 본다, 그녀는 거기 앉아서 그가 거의 언제나 입고 있는 검은 스웨터를 짜고 있다, 지금도 그는 그 스웨터를 입고 있다, 그녀는 자기 머리가 검고 길며 숱이 많음을 생각하고, 거기 앉아 있는 자신을 본다, 그녀의 머리는 약간 곱슬이고 그녀는 거기 앉아서 불꽃을 들여다보며 그녀의 손가락은 그가 거의 언제나 입고 있는 검은 스웨터를 짜고 있다, 그런 다음 그녀는 다시 의자를 바라보고 거기 누워 있는 자신을 본다, 그녀의 머리는 하얗게 세었지만 여전히 길다, 거기 의자에 누워 있는 그녀의 머리는 세었고 길다, 그리고 그녀는 창밖을 내다본다, 그리고 그녀는 얼마 전부터 늘 쓰고 있는 연노랑 모자를 쓰고 집길을 내려가는 그를 본다, 그리고 그녀는 그 모자가 끔찍하게 흉하다고 생각한다, 그리고 그가 생각한다, 지금 몸을 돌리지 않을 것이다, 몸을 돌리면 분명 또다시 그녀가 창가에 서서 내다보고 있는 모습을 보게 될 것이기 때문이다, 방을 밝히는 빛 속에 서 있는 그녀가 잘 보인다, 그녀는 밖을 내다보고 있다, 그 때문에 그는 몸을 돌리려 하지 않는다, 그는 그녀 쪽을 보려 하지 않는다, 그는 국도를 따라 잠시 걷고자 할 뿐이다, 오늘은 피오르드에 나갈 만한 날이 아니다, 바람이 너무 심하고, 지금이 하루 중 가장 밝은 시간인데도 제대로 밝지도 않다, 그리고 곧 다시 어둠이 모든 것을 덮을 것이다, 그는 생각한다, 그래서 오늘은 뭍에 있어야겠다, 어쨌든 그녀에게 그렇게 말했어야 했다, 그는 생각한다, 하지만 어쩌면 잠깐 산책하는 건 괜찮을지도 모른다, 그는 생각한다, 그는 국도를 따라 걷는다, 그리고 지금 늦가을에 이리도 끔찍하게 어두운 것은 믿을 수 없다, 그 사이에 십일월 말, 1979년 십일월 말, 화요일이다, 그리고 아직 오후인데도, 마치 저녁인 듯 어둡다, 이 계절, 늦가을에는 이렇지, 그는 생각한다, 더 이상 오래가지 않을 거야, 이러고 나면 늘 어둡기만 할 테지, 하루 종일, 빛이라 할 만한 것도 없을 거야, 그는 생각한다, 걷는 것으로 충분해, 그는 걷기를 좋아한다, 그는 생각한다, 때로 나가는 걸 참을 필요도 있다, 하지만 밖에 있으면 좋다, 그는 그게 좋다, 그는 걷는 게 좋다, 걷게 되면, 제대로 걷기 시작하면, 제대로 발걸음을 옮기게 되면, 그러면 좋아진다, 그는 생각한다, 그러면 마치 평소 삶을 가득 채우고 있는 무거운 것이 조금 더 가벼워지는 것 같다, 마치 그 무거운 것이 그에게서 떨어져 나가는 것 같다, 움직임이 생기는 것 같다, 늘 그런, 무겁고 빡빡하며 미동도 없는 삶에서 벗어나는 것 같다, 그는 생각한다, 그리고 걸을 때면, 그는 생각한다, 때때로 스스로가 오래되고 예쁜 나무 조각품인 듯 느낀다, 실제로, 이 무슨 멍청한 생각인가! 이 무슨 멍청한 생각인가! 그는 생각한다, 하지만 그는 자신이 오래된 예쁜 보트의 아름다운 나무판 같다는 생각이 든다! 정말, 그는 생각한다, 이런 생각을 하다니 이 무슨 미친 짓인가, 그는 생각한다, 오래된 보트의 예쁜 나무판 같아, 그는 생각한다, 도대체 어떻게 이런 생각을 할 수 있을까? 그는 생각한다, 이런 생각을 하면 안 되지, 무엇 때문에 보트의 나무판이란 거야? 머릿속에 무슨 일이 일어나고 있는 거야? 그는 생각하고 시선을 든다, 하늘을 향해, 그리고 그는 거의 완전히 캄캄해진 하늘을 본다, 벌써 지금, 오후인 지금, 벌써 이렇게 어두워지다니, 그는 생각한다, 그리고 더 추워졌어, 하지만 그는 지금 다행히도 두껍고 따뜻한 검은 스웨터를 입고 있다, 그는 생각한다, 그리고 그는 조금 더 빨리 걷는다, 그리고 그는 점점 더 빨리 어두워질 거라 생각한다, 그가 빨리 걸으면 걸을수록 더 빨리 어두워질 것이다, 그는 그런 느낌이라고 생각한다, 좀 추운가? 아니다, 그렇지 않다, 그는 생각한다, 그는 옷을 잘 입고 있다, 그는 그녀가 짜 준 검은 스웨터를 입고 있다, 그들이 함께 살게 되었던 첫 겨울에 그녀는 그가 추우면 항상 입는 그 스웨터를 짜 주었던 것이다, 스웨터는 따뜻하다, 하지만 그는 왜 거의 늘 그 스웨터를 입는 것인가? 이유는 없다, 그냥 그럴 뿐이지, 그는 생각한다, 그리고 그는 피오르드를 바라본다, 피오르드는 조용히 펼쳐져 있다, 그리고 지금 바람은 분명 전보다 약하다, 그는 생각한다, 어쩌면 지금 잠깐 피오르드에 나갈 수 있을까? 하지만 그는 왜 한 해가 지나도록 늘 피오르드에 나가려 하는 것일까? 원래는 전혀 그러려고 하지 않는데 늘 그런다, 그는 생각한다, 그는 날씨가 어떻든 피오르드에 나간다, 왜 그러는 걸까? 낚시를 하려고? 그렇다, 그는 잠깐 낚시를 하기도 한다, 하지만 특별히 낚시를 좋아하는 건 아니다, 그러니 그 때문일 수는 없다, 그는 생각한다, 그렇다, 오늘은 잠깐 산책만 하는 게 나을 것이다, 한 번도 그래 본 적이 없으니까, 그는 국도를 오래 걸었던 게 언제가 마지막이었는지 전혀 기억나지 않는다, 그는 생각한다, 그런데 그는 왜 오늘 그렇게 하려는 것일까? 아니다, 그는 왜 그런 생각을 할까? 왜 모든 것은 다 이유가 있어야 하나? 그는 생각한다, 지금 그는 잠깐 국도를 산책하고 있다, 그리고 되돌아갈 것이다, 다시 집으로, 오래된 집으로, 그가 평생 살고 있는, 처음엔 아버지, 어머니, 그리고 형제들과 함께 살았고, 지금은 결혼한 아내와 함께 살고 있는 집으로, 오래된 아름다운 집이다, 그는 생각한다, 이 집이 얼마나 오래되었는지 누가 알겠는가, 그렇지, 그건 아무도 모른다, 하지만 집은 오래되었고 몇백 년 전부터 그 자리에 서 있다, 그런데 왜 이렇게 빨리 어두워질까? 벌써 완전히 어두워진 건가? 그는 생각한다, 그리고 그는 피오르드를 바라본다, 지금 파도는 해안을 세차게 때리고, 그는 그 파도를 볼 수 있다, 하지만 무엇보다도 그는 파도 소리를 듣는다, 그는 생각한다, 이제 되돌아가야 한다, 집으로 가야 한다, 하지만 그는 아직 집으로 가고 싶지 않다, 왜 싫을까? 그녀 때문인가, 그녀가 저기 밝은 방, 창가에 서서 그를 기다리고 있기 때문인가, 그가 아직 집에 가고 싶지 않은 것이 문제인가? 아니다, 그 또한 아니다, 하지만 그는 조금 춥다, 그리고 거의 어두워졌다, 갑자기 어두워졌다, 거의 완전히 어두워졌다, 이제 집으로 가는 게 나을 것이다, 그는 생각한다, 그리고 그는 멈춰 서서 해안을, 파도를 바라본다, 그리고 그는 피오르드와 산과 어둠이 서로 섞이는 모습을, 그것들이 하나가 되는 모습을 본다, 하지만 이제 집에 가야 한다, 그는 생각한다, 그리고 집길로 향한다, 짧은 산책이었어, 그는 생각한다, 어쨌든 잠시 밖에 있었어, 그는 생각한다, 지금 분명 그녀가 그를 기다리고 있을 것이다, 그는 생각한다, 그리고 그는 빨리 걷는다, 굽은 길을 조금 돌아가자 집이 보이고, 창문에 불이 켜져 있는 것이, 그녀가 창가에 서 있는 것이 보인다, 그에겐 분명하다, 어둠에 싸여, 밝은 창가에 그녀가 서서 그를 향해 바라보고 있다, 그를 볼 수 없음에도, 그녀는 그를 향해 보고 있다, 그녀는 그를 보고 있다, 늘 그렇다, 그는 생각한다, 그는 굽은 길을 뒤로하고 그들이 살고 있는 집을 바라본다, 그리고 그녀가 거기에 서 있다, 거기 밝은 창가에 그녀가 서서 어둠 속을 내다본다, 그리고 그는 그녀가 자기를 보고 있음을 안다, 늘 그녀는 그를 보고 있다, 그는 생각한다, 그는 창 쪽을 보려 하지 않는다, 거기에 서 있는 그녀를, 그녀 쪽을 보려 하지 않는다, 그는 생각한다, 그리고 그는 해안을 바라본다, 거기, 아래쪽 해안에, 보트 창고 아래에, 거기 불이 타오르고 있다! 이상한 일이다, 어째서 지금 불이, 그는 생각한다, 더 이상 이상한 것이 아니라 완전히 그래야 할 것 같다는 생각이 든다, 당연히 저기 보트 창고 아래 해안에는 불이 타고 있어야지, 그는 생각한다, 전혀 이상할 게 없다, 그는 생각한다, 하지만 불이 보통 때보다 훨씬 가깝다, 지금 불은 그의 바로 밑에 있다, 더 이상 보트 창고 아래 해안 저 뒤가 아니다, 그렇다, 바로 여기 그의 아래다, 그는 생각한다, 그리고 그는 계속 걷는다, 그리고 그는 아래를 내려다본다, 그리고 저게 뭐지? 아니다, 그는 이해할 수가 없다, 그는 생각한다, 그리고 시선을 든다, 그리고 이제 다시 불이 보트 창고 아래 해안 저 뒤에, 만 뒤쪽에 있는 것이 보인다, 그리고 불이 작아져, 바람 속에, 그리고 어둠이 퍼지는 가운데 반짝이는 작은 불꽃이 된다, 그리고 무거운 어둠 어딘가에 그것이 보인다, 그 자신처럼 어둠은 무겁다고 그는 생각한다, 어둠이 짙다, 오직 암흑, 검은 빛, 여전히 불꽃을 인식할 수 있다, 그런 다음 없어지고, 지금은 너무 칠흑, 하지만 불꽃이 다시 보인다, 여러 개의 불꽃, 그런 다음 불꽃은 커지고, 다시 작은 불이 된다, 거기, 만 뒤쪽, 이제 거기, 보트 창고 아래에서 불이 타오르고 있다, 그는 생각한다, 그리고 그는 멈춰 서서 불을 바라본다, 이제 불이 크다, 아래쪽 만에서 불이 타오르고 있다, 그리고 이제 불은 그의 곁, 가까이에 있다, 아마 어둠과 추위 때문에 불이 어디에서 타고 있는지 정확하게 알 수 없다고 그는 생각한다, 하지만 그는 본다, 저기 어둠 속, 노랗고 빨간 불꽃, 그리고 불꽃이 따뜻하고 아늑하게 보인다, 꽤 추우니까, 그는 생각한다, 상당히 추워져서 그는 계속 걸어야 한다, 그는 서 있을 수가 없다, 그러기엔 너무 춥다, 그는 생각한다, 그리고 그는 계속 걷는다, 몸이 얼어 온다, 그리고 너무 추워 그는 가능한 한 빨리 걷는다, 가을에 이렇게 추웠던 게 언제가 마지막이었는지 그는 전혀 생각나지 않는다, 그는 생각한다, 언젠가 어렸을 때였을 것이다, 그때는, 어쨌든 그는 이렇게 기억한다, 거의 늘 추웠고 피오르드는 완전히 얼음이었고, 산등성이와 도로엔 눈이 가득 덮여 있었으니까, 얼음과 눈, 그리고 추위, 이와 반대로 최근 몇 년간은 온화한 가을이었지, 하지만 지금, 올해, 추위가 다시 엄습했다, 그는 생각한다, 그리고 그에겐 쓸 모자가 없었다, 그가 어렸을 적 쓰고 다녔던, 술이 달린 오래된 빨간 벙거지들, 물론 그것들을 찾을 길이 없다, 지금 그것들이 어디로 가 버렸는지는 상관없다, 그런데 그 모자들은 어디로 가는 걸까? 그는 생각한다, 그것들은 그냥 사라져 버린다, 세월도 가 버린다, 세월과 그 빨간 모자들은 어디론가 간다, 그는 생각한다, 그런 다음 그는 생각한다, 모자 하나를 찾게 되면, 크기도 적당하고 편안한 것일 것이다, 노랗고 하얀, 분명 그것은 나이 든 울라브, 할아버지와 결혼했던 할머니가 남겨 둔 것들 중 하나일 것이다, 할아버지 울라브, 할아버지는 그가 너무 어렸을 때 사망해 그는 할아버지 울라브, 그를 기억하지 못한다, 하지만 그는 기억한다, 그는 생각한다, 할머니가 어떤 모자를 쓰고 있었던 것을, 그것은 많은 것들이 각인되듯이 그렇게 그에게 각인되었다, 당연히 그는 할머니가 어떤 모자를 쓰고 있었다는 것을 안다, 그리고 그는 할머니가 입고 있었던 파란 외투를 기억한다, 할머니는 손에 지팡이를 쥐고 있었다, 그는 생각한다, 할머니가 넘어오던 국도는 미끄러웠으니까, 그래서 할머니는 몸을 지탱하기 위해, 두 다리로 버티려고, 그리고 할머니가 말했던 것처럼 넘어져 뼈가 부러지는 일이 없도록 손에 지팡이를 쥐고 있는 것이다, 그는 생각한다, 그리고 할머니는 다른 손에 장 주머니를 들고 있다, 빨간 장 주머니, 그리고 머리에는 그가 지금도 이렇게 추운 날이면 늘 쓰는 연노랑 털모자를 쓰고 있다. 이제 할머니를 향해, 그는 생각한다, 가야 하지 않을까? 그를 향해 걸어오고 있는 할머니가 보이기 때문이다, 그리고 그는 할머니를 향해 간다

할머니! 안녕하세요, 할머니! 어슬레가 소리 지른다

장 보셨군요, 할머니! 그가 소리 지른다

그리고 지금 그가 쓰고 있는 연노랑 모자 아래 할머니 얼굴은 그를 향해 미소 짓는다, 그리고 할머니가 말한다, 조금 기다려, 할머니가 말한다, 집에 같이 가자, 내가 뭘 샀는지 보여 주마

집에 같이 가자, 보여 줄게, 할머니가 말한다

이것도 사고 저것도 샀지, 할머니가 말한다

집에 같이 가자, 녀석, 가서 보여 줄게, 할머니가 말한다
그리고 그는 할머니가 든 장 주머니가 무거워 보인다
들어 드릴까요, 어슬레가 말한다
내가 들고 갈 수 있다, 할머니가 말한다
물건을 드는 게 나아, 그러면 더 잘 걸을 수 있지, 할머니가 말한다
그래도 한쪽 손잡이를 잡고 좀 도와주면 좋겠다, 고마워, 할머니가 말한다
조금 도와주면 좋겠다, 할머니가 말한다
그가 장 주머니 손잡이를 잡자 할머니는 그의 차가운 손가락 위에 손가락 두 개를 걸친다, 그리고 두 사람은 함께 주머니를 들고 걷는다, 천천히, 한 걸음 한 걸음, 집길을 올라간다, 그리고 두 사람은 아무 말도 하지 않는다
착하구나, 어슬레, 할머니가 말한다
할머니와 그는 계속 걷는다, 그리고 그는 자신의 손가락 위에 할머니의 차갑고, 약간은 뻣뻣한 손가락을 느끼고 손을 빼려다가 차마 그러지 못한다, 그는 생각한다, 그리고 그는 국도를 따라 걷는다, 이제 그는 이웃집 마당 아래 평평한 곳에 도달한다, 그런데 위에 누군가 서서 이야기하는 소리가 들리는 건 아닌가? 저기서 젊은 남자 둘이 이야기하고 있나? 아닌가? 아니다, 거기엔 분명 아무것도 없었다, 그는 생

각한다, 이젠 집에 가야지, 그는 생각한다, 그리고 그는 아래쪽 해안의 불을 바라본다, 지금 불은 크다, 그런데 그 불이 보트 창고 아래, 만에서 타고 있는 것인지, 아니면 그와 가까운 곳, 어디 다른 곳인지, 여전히 잘 알 수가 없다, 그는 생각한다, 하지만 불이 큰데, 어둠 속에, 이 추위에 노랗고 빨간 불꽃이 아름답다, 그리고 그는 불빛 속에 언제나 그렇듯 해안 암초를 때리고 있는 파도를 본다, 아니면 파도가 아니라, 그는 생각한다, 암초를 씻어 내고 다시 암초에서 멀어져 가는 물을 볼 뿐인가, 물이 앞으로, 그리고 뒤로 움직이며 바위를 덮어 씻어 내고, 다시 물러나고, 그는 생각한다, 그리고 그는 멈춰 서서 불빛 속 젖은 암초를 바라본다, 그런 다음 불을 바라본다, 그런데 저기 불빛 속, 저기 무슨 몸체 아닌가? 사람? 그는 생각한다, 불 한가운데 수염이 난 얼굴이 보이고, 그다음 수염이, 그것은 회색과 검은색, 불타오르기 시작한다, 그리고 희고 검은 긴 머리도 불꽃에 싸여 있다, 그리고 불꽃을 응시하고 있는 두 눈이 보인다, 그리고 두 눈 속의 무언가가 불꽃에 빨려 올라가, 연기가 되어 차가운 공기 속으로 소용돌이친다, 눈은 보이지만 얼굴은 볼 수가 없다, 그것은 얼굴이 아니다, 그것은 찡그린 표정일 뿐, 그리고 몸은 볼 수가 없다, 그다음 눈이 무엇인가 목소리 같은 것을 얻는 듯 보이고, 무엇인가 울부짖음 같은 소리가 들린다, 처음에는 한 가지 울부짖음, 하나의 눈에서 나오는, 그 다음엔 여러 눈에서 나오는 커다란 울부짖음, 그런 다음 그 큰 울부짖음은 위로 올라가는 불꽃과 하나가 되어 어둠 속으로 사라진다, 그리고 눈 속의 목소리가 위로 날아가고, 그 목소리는 볼 수 없는 연기, 그리고 그는 계속 걷는다, 이제는 너무 추워 빨리 집에 들어가야 한다, 그는 생각한다, 밖에 머물기엔 너무 춥다, 그들의 집은 오래되었지만 그 오래된 집의 방은 따뜻하다, 그는 생각한다, 그들에겐 좋은 난로가 있다, 그들은 적당하게 불을 피운다, 나무는 그가 스스로 마련한다, 여름에 그는 장작을 패고 가을에는 적당하게 톱으로 자르고 쪼개서 잘 마를 수 있도록 쌓아 놓는다, 그는 생각한다, 그래, 나무는 충분해, 나무는 많으니 따뜻하게 지낼 수 있어, 그는 떠나기 전에 장작을 마련해 두었다, 그는 생각한다, 그리고 그사이에 아마도 그녀가 항상 불을 피울 수 있도록 장작을 더 마련했을 것이다, 당연히 그녀는 그렇게 했을 것이다, 그러니 그들의 오래된 집 방 안은 분명 아주 따뜻할 것이다, 그는 생각한다, 그리고 그는 그들의 오래된 집을 향해 집길을 올라간다, 그리고 그는 이제 멈춰 서서 몸을 돌리고 해안을 바라보면 안 될 것이다, 이제 그는 집으로 가야 한다, 그리고 이제 그는 잠깐 피오르드에 나갈 수도 있었을 텐데라는 생각을 다시 하지 말아야 할 것이다, 너무 춥다, 너무 어둡다, 그런 생각은 말아야지, 그는 생각한다, 그리고 그는 멈춰 선다, 그리고 그는 몸을 돌리고 해안을 내려다본다, 불이 여전히 거기에 있다, 하지만 지금은 더 작다, 그는 아래쪽 해안에 작은 불이 타고 있는 걸 본다, 불이 벌써 사그라들었나, 그는 생각한다, 아니면 다른 불인가? 저게 다른 불일 수 있을까? 그래, 다른 불인 게 틀림없어, 그는 생각한다, 먼저 불은 훨씬 컸어, 강렬한 불이었지, 그는 생각한다, 그리고 그는 그들의 오래된 집을, 창문을 올려다본다, 거기에 그녀가 서 있다, 작게, 검은 머리를 하고, 그녀가 거기 서서 내다보고 있다, 그녀가, 그의 아내가, 그녀는 거기 서서 창밖을 내다보고 있다, 마치 창문의 일부인 듯, 그는 생각한다, 언제나, 그가 그녀를 생각할 때면 언제나, 그는 창문에 서 있는 그녀를 본다, 어쩌면 그녀는 처음엔 그런 행동을 하지 않았을 것이다, 하지만 나중에, 수년 내내 그녀는 거기에 서 있었다, 그는 생각한다, 그것이 그녀에 대한 그의 기억이다, 작은 키, 검은 머리, 큰 눈, 그리고 그녀 주변을 둘러싼 틀과 같은 어둠, 그는 생각한다, 그리고 그는 다시 해안을 바라본다, 거기 아래 해안에 작고 한결같은 불이 타오르고 있다, 바로 보트 창고 아래에, 그리고 어두운데도 분명하게 보인다, 마치 밝은 날인 듯, 작은 사내아이를 안은 한 여자가 불을 향해 가고 있는 것이 분명하게 보인다, 그리고 그녀는 다른 손에 작은 나무를 들고 있다, 그녀는 그것을 불 속에 넣는다, 그리고 여자는 거기에 서서 불꽃을 들여다본다, 그다음 그녀는 가서 막대기를 집어 든다, 그 끝에는 양머리가 꽂혀 있다, 막대기는 목으로 들어가 입으로 나와 있다, 그녀는 불로 가서 양머리가 꽂힌 막대기를 불꽃 위에 올려놓는다, 그녀는 작은 사내아이를 품에 안고 양머리를 불꽃 속에 이리저리 굽는다, 그러자 불이 양털을 휘감고 활활 타오른다, 탄내가 위로 퍼지고, 악취가 난다, 그런 다음 그녀는 해변에서 양머리를 물에 담근다, 그리고 다시 양머리를 불에 이리저리 굽는다, 다시 타는 냄새, 그녀는 양머리를 불꽃에 이리저리 굽는다, 저 사람은 알레스, 그는 생각한다, 그는 본다, 그는 안다. 저 사람은 알레스, 저 여자는 알레스야, 그는 생각한다, 그는 안다, 자기 고조할머니라는 것을. 저 여자는 알레스, 그의 이름은 그녀의 이름에서 온 것이다, 더 정확히 다시 말하면 일곱 살 때 죽은, 여기 만에서 익사한 그녀의 손자 어슬레의 이름을 딴 것이다, 그의 할아버지 올라브의 형, 그는 그의 이름을 갖고 있다. 저 여자는 알레스, 이십대 초반, 그는 생각한다. 그리고 그 남자아이, 아이는 돌쯤 지났을까, 아이는 나중에 할아버지 올라브의 아버지, 또한 그가 이름을 따 그 이름을 갖게 된, 그리고 일곱 살 때 익사한 어슬레의 아버지가 되었던 그의 증조할아버지 크리스토페르다, 그는 생각한다, 그는 크리스토페르가 울기 시작하는 것을, 알레스의 품에 매달려 있는 것을 본다, 그녀는 양머리가 꽂힌 막대기를 던져 놓고 크리스토페르를 해안에 내려놓는다, 크리스토페르가 일어선다, 그리고 짧은 두 다리로 불안하게 서 있다가 조심스럽게 몇 걸음 걷는다, 그러다가 옆으로 넘어져 소리 지르기 시작한다, 알레스가 말한다, 안 돼, 왜 일어서는 거야, 좀 조용히 앉아 있을 수 없니, 알레스가 말한다, 그리고 그녀는 막대기는 던져 놓고 크리스토페르를 안아 올려 품에 꼭 껴안아 준다

귀여운 내 새끼, 귀여운 내 새끼, 알레스가 말한다

울지 마, 귀여운 내 새끼, 그녀가 말한다, 크리스토페르가 울음을 그치고 몇 번 훌쩍거리더니 다시 조용해진다, 알레스는 크리스토페르를 아까 앉혔던 바위 위에 앉힌다, 그리고 그녀는 양머리가 꽂힌 막대기를 다시 집어 들고 양머리털을 계속 그슬리면서 불꽃 속에 막대기를 이리저리 뒤적인다. 크리스토페르가 다시 일어선다. 그리고 조심스럽게 한 걸음을 뗀다. 그리고 다시 한 걸음. 그리고 알레스는 거기 서서 양머리가 꽂힌 막대기를 불꽃 속에 이리저리 뒤적인다. 저 여자는 알레스. 저 사람은 알레스, 그는 생각한다, 그리고 그는 검고 숱이 많은 머리, 잘록한 허리에 짧은 두 다리로 거기 서 있는 알레스를 본다. 저 여자는 알레스. 그녀,

할아버지 올라브와 내가 이름을 딴 어슬레, 두 아들이 있었던 내 증조할아버지 크리스토페르의 어머니, 어슬레, 그는 일곱 살 때 익사했다, 일곱 번째 생일에 예쁘고 작은 보트를 얻었고 바로 그날 저 밑, 만에서 그 보트를 가지고 놀다 익사했다, 그는 생각한다, 그리고 그는 크리스토페르가 발을 내딛는 모습을 본다, 움직임은 느리다, 그는 한 발을 다른 발 앞에 놓고 한동안 서 있는다, 그런 다음, 다음 발걸음을 옮긴다, 조금 흔들리지만, 걸음은 계속되고 크리스토페르는 양머리 더미 앞에 선다, 아이는 호기심에 차 손가락으로 양머리들 중 하나의 주둥이를 살짝 건드려 본다, 그런 다음 손가락을 천천히 콧구멍에 넣는다, 그러다가 갑자기 손을 뺀다, 그리고 서서 양머리를 바라본다, 아이는 눈 하나를 바라본다, 그러다가 검지를 펴서 조심스럽게 그 눈을 건드려 보고는 재빨리 손가락을 오므린다, 크리스토페르는 다시 거기 서서 그 눈을 들여다보고 검지로 다시 그 눈을 살짝 건드려 보고 눈꺼풀을 눌러 보더니 잡아당긴다. 그리고 크리스토페르는 거기 서서 그 눈을 바라본다. 그리고 알레스는 몸을 돌리고 크리스토페르에게 다가간다, 그녀는 막대기에 꽂힌, 불에 그슬린 양머리를 이리저리 뒤적인다, 그녀가 말한다, 이 양머리들 좀 봐라, 털에 피가 잔뜩이네, 그냥 놔두는 게 낫겠다, 알레스는 이렇게 말하고 큰 통으로 가서 그

통의 모서리에 양머리를 대고 막대기를 잡아당겨 빼낸다, 그리고 크리스토페르가 방금 눈꺼풀을 잡아당겼던 양머리의 목구멍에 뾰족한 막대기를 찔러 넣는다, 그녀는 막대기를 찔러 넣은 양머리를 들어 올리고 다시 불로 가서 양머리를 불꽃에 집어넣는다, 독한 냄새가 퍼지고 알레스가 말한다, 이런, 냄새가 좋지 않네, 그렇지, 아가, 그녀는 말하고 털에 불이 붙은 양머리를 물속에 집어넣는다, 치익 소리가 나고 크리스토페르는 움찔하며 놀라서 자기 앞에 놓인 양머리들을 바라본다, 아이는 양머리들이 전과 같이 조용히 놓여 있는 것을 보고 검지를 양머리들 중 하나의 벌어진 주둥이에 넣어 잠깐 혀를 건드려 본다, 그리고 이빨도 건드린다

안 돼, 양머리들을 그냥 놔둬, 알레스가 말한다

그것들은 손가락으로 후비라고 거기 있는 게 아니란다, 그녀가 말한다

착하지, 아가, 그녀가 말한다

크리스토페르는 손을 빼고 알레스를 바라본다, 그러다가 크리스토페르는 푸른 물 한가운데, 예쁜 갈색, 거의 검은색의 보트가 떠 있는 것을 본다, 아이는 한 걸음을 옮기고, 보트 선착장 쪽으로 다시 한 걸음을 옮긴다, 그리고 좀 더 빨리 걷는다, 그리고 푸른 물에 검게, 예쁘게 떠 있는 보트를 본다, 이제 크리스토페르는 거의 뛰기 시작하고 보트 선착

장 끝에 다다른다, 그리고 또 한 걸음, 아이는 허공에, 그다음 아이는 물에 떠 누워 있다

크리스토페르, 안 돼! 알레스가 소리 지른다

알레스는 양머리는 양머리대로, 막대기는 막대기대로 던져 놔 버리고 단숨에 선착장에 도달한다, 그리고 모서리에 납작 엎드려 팔을 뻗는다, 그녀는 정신없이 물속으로 팔을 뻗어 크리스토페르의 발을 붙잡아 움켜쥐고 자기 쪽으로 끌어당긴다, 그리고 한쪽 팔을 잡아 크리스토페르를 단숨에 선착장 위로 끌어올린다

도대체 무슨 짓이야, 알레스가 말한다

잠깐 한눈팔았는데 그새 물로 뛰어들다니, 그녀가 말한다

믿을 수가 없어, 그녀가 말한다

정말이지, 그녀가 말한다

그리고 알레스는 갑자기 큰 소리로 울기 시작하는 크리스토페르를 안아 올려 가슴에 꼭 껴안는다, 그리고 그녀는 빠르게 보트 창고 쪽으로 간다

물이 이렇게 찬데, 몸이 얼지 않게 널 집으로 데려가야겠다, 알레스가 말한다

날 힘들게 하지 말아야지, 아가, 그녀가 말한다

귀여운 아가, 엄마를 힘들게 하면 안 돼요, 그럼, 그녀가 말한다

사랑하는 아가, 우리 크리스토페르, 그녀가 말한다

그리고 알레스는 크리스토페르의 등을 문지른다, 아이가 덜덜 떨기 시작했고 떨림은 점차 온몸으로 퍼져 나간다

얼면 안 돼, 그러면 죽어, 귀여운 크리스토페르, 알레스가 말한다

안 돼, 안 돼, 그녀가 말한다

죽지만 마라, 사랑하는 크리스토페르, 그녀가 말한다

그리고 그는 자기가 집길에 서 있는 모습을, 알레스가 자신 쪽으로 오는 모습을, 그녀가 크리스토페르를 품에 안고 오는 모습을, 그리고 얼굴 주변의 숱 많은 검은 머리를, 그녀의 커다란 두 눈을 본다, 알레스는 짧은 다리로 할 수 있는 한 빨리 걷는다, 그리고 크리스토페르는 두려움에 운다, 여기에 이 어둠, 그리고 여기에 이 바람과 이 비, 이제는 빨리 집에 가야 한다, 그는 생각한다, 그는 여기 집길에 서 있을 수 없다, 그리고 평생 살아왔던 자기 집으로, 그의 오래된 집으로, 집으로 들어갈 수 없다, 그는 생각한다, 그리고 그는 알레스가 그를 지나쳐 가는 것을 본다, 그리고 그는 그녀의 뒷모습을, 알레스의, 그의 고조할머니의 뒷모습을 바라본다, 그녀다, 저 사람은 알레스, 그는 그녀가 급하게 집 귀퉁이를 돌아가는 모습을, 길게 등 뒤로 넘어간 검은 머리를, 잘록한 허리를, 짧고 가느다란 두 다리를 본다. 저 사람

은 알레스, 저 사람은 고조할머니, 스무 살쯤, 그는 생각한다, 그리고 그녀가 품에 꼭 껴안고 있는 아이는 그의 증조할아버지, 크리스토페르, 대략 두 살쯤. 그리고 그도 집 모퉁이를 돌아간다, 그리고 크리스토페르를 품에 꼭 껴안은 알레스가 현관을 통해 그의 오래된 집으로 들어가는 것을 본다, 그리고 그는 문이 다시 닫히는 것을 본다, 그리고 그녀는 거기 의자에 누워 있는 자신을, 현관문이 열리는 것을 본다, 그리고 그녀는 검고 긴 머리에 커다란 눈을 가진 작은 여자가 들어오는 것을 본다, 그 여자는 작은 사내아이를 가슴에 꼭 껴안고 있다, 그리고 그 여자는 급하게 방을 가로지르고 아이를 자기 옆, 의자 모서리에 앉힌다, 여자는 아이의 바지, 스웨터를 벗긴다, 그 여자는 아이 옷을 다 벗기고, 알몸인 아이를 그녀 옆, 의자에 눕힌다, 그리고 여자는 계속해서 아이의 등을 문질러 준다

그래, 그래, 귀여운 아가, 곧 따뜻해질 거야, 여자가 말한다

귀여운 크리스토페르, 얼면 안 돼, 여자가 말한다

곧 좋아질 거야, 여자가 말한다

엄마가 쓸어 줄게, 다시 몸이 따뜻해질 때까지, 귀여운 아가, 여자가 말한다

알레스는 계속해서 크리스토페르의 등을 문질러 준다, 그

녀는 알레스가 일어서는 것을 본다, 그리고 그녀는 자기 옆, 의자에 누워 있는 크리스토페르를 바라본다, 아이는 젖어 있고 약간 훌쩍 거린다, 한기가 아이의 몸을 지나간다, 그리고 그녀는 방으로 난 문을 열고 들어가는 알레스를 본다, 알레스가 다시 나온다, 그 여자는 양모 이불을 가지고 의자로 와서 크리스토페르에게 덮어 준다, 그리고 알레스는 의자 모서리에 앉아 계속해서 크리스토페르의 등을 문질러 준다, 계속 계속 아이의 등을 문질러 준다

그래, 사랑하는 크리스토페르, 곧 다시 따뜻해질 거야, 귀여운 크리스토페르, 알레스가 말한다

사랑하는 아가, 우리 크리스토페르, 그 여자가 말한다

그냥 물에 빠지다니, 이렇게 어린데, 그냥 물에 빠지다니, 하지만 천만다행으로 엄마가 거기 있었지, 그 여자가 말한다

그리고 그녀는 알레스가 계속해서 크리스토페르의 등을 문질러 주는 모습을 본다, 그리고 그녀는 창문을 바라본다, 그리고 그녀는 거기 서서 밖을 내다보고 있는 자신의 모습을 본다, 그리고 그녀는 계속 거기에 서 있다, 왜 계속 거기 서 있어야 하나? 계속 거기 서 있는 이유가 있나? 그녀는 생각한다, 그리고 그녀는 이제 크리스토페르가 다시 고르게 숨 쉬는 소리를 듣는다, 그리고 그녀는 알레스가 일어서서

문을 지나 부엌으로 들어가는 것을 본다, 그리고 그녀는 크리스토페르를 바라본다, 그리고 그녀는 팔을 뻗어 크리스토페르를 꼭 끌어안는다, 그리고 그녀는 아이의 등을 쓸어 준다, 그리고 그녀는 가볍게 아이의 머리를 쓰다듬는다, 그런 다음 그녀는 다시 창가에 서서 밖을 내다보는 자신의 모습을 본다, 그리고 그녀는 상당히 오래 거기 서 있었음을, 거의 움직이지도 않고 거기 서 있었음을 생각한다, 그리고 그녀는 생각한다, 자기가 거기 창가에 서 있는 모습을, 이제는 그가 곧 돌아와야 할 것이라고, 그는 왜 오지 않나? 너무 춥다, 바람과 비, 그는 왜 돌아오지 않나? 그녀는 생각한다, 그리고 거기, 거기 피오르드 한가운데, 거기 뭔가 있지 않나? 아니다, 아무것도 없다, 그녀는 아마도 상상했을 뿐이다, 아닌가? 그녀는 생각한다, 이제 나가서 그를 기다려 봐야 한다, 그녀는 생각한다, 그냥 이렇게 여기 서 있을 수는 없다, 여기 창가에, 그래도 그는 결국 이런 날씨에 보트를 타고 나가진 않았겠지? 그가 그랬을까? 아니다, 그는 그럴 수 없다, 그녀는 생각한다, 하지만 저기, 저 아래 해안에, 저기 불이 보이지 않는가? 아니, 그럴 수가 없다, 이 어두운 저녁에, 십일월 말에, 비가 오고 바람이 부는데, 하지만 그럼에도 불이 보인다, 아닌가? 그녀는 생각한다, 그래, 저건 불이야, 그리고 이제 그녀는 가야 한다, 그리고 원하든 원치 않든 그가 오는지 봐야 한다, 그녀는 생각한다, 그리고 그녀는 몸을 돌리고 창가에서 떨어진다, 그리고 그녀는 생각한다, 이제 바로 나가 봐야 해, 그가 오는지 기다려 봐야 해, 그리고 그는 생각한다, 이제 집으로 들어가야 한다, 그는 생각한다, 그는 밖에 서서 집 현관 앞의 발판을 바라본다, 크고 넓은 발판은 바깥 등의 불빛을 받으며 놓여 있다, 그리고 이 날씨에 그는 밖에서 어슬렁거릴 수 없다, 그는 생각한다, 비와 바람, 그리고 춥다, 밖에 있기엔 너무 춥다, 그런데 그에게 무슨 일인가? 그는 생각한다, 그는 왜 그냥 들어가지 않는가? 무슨 일인가, 그는 왜 기다리는가? 그에게 무슨 일인가? 그는 생각한다, 그리고 그는 집 현관문을 연다, 문손잡이가 헐겁다, 나사 두 개가 없어졌고 나머지 세 개는 헐겁다, 이걸 고쳐야겠다, 그는 생각한다, 하지만 이건 오래전부터, 원래 몇 년 전부터 이랬다, 그는 생각한다, 그리고 그는 이걸 고쳐야겠다고 자주 생각했다, 그는 생각한다, 그는 늘 그 생각을 했다, 하지만 그는 고치지 않았고, 아마도 손잡이가 떨어져 발판 바닥에 뒹굴 때에야 고쳤을 것이다, 그는 생각한다, 그는 현관으로 들어간다, 안에는 낡은 벽들이 그의 주변에 둘러서 있고 무엇인가 그에게 말을 한다, 벽들은 늘 그렇듯 그렇게 한다, 그는 생각한다, 그가 이제야 그걸 깨닫고 그 생각을 하는 것처럼, 아니면 아닌 것처럼, 늘 그렇다, 벽들은 거기에 있고 벽에서 무언의 목소리가 말을 하는 것 같다, 벽들 안에 커다란 혀가 존재하고 그 혀가 단어로는 할 수 없을 무언가를 말한다, 그는 그걸 알고 있다, 그는 생각한다, 그것은 사람들이 보통 말하는 단어 뒤에서 나오는 어떤 것이다, 벽들의 혀에 있는 무엇이다, 그는 생각한다, 그리고 그는 거기 서서 벽들을 바라본다, 아니다, 오늘 그에게 무슨 일인가? 그는 왜 그런가? 그는 생각한다, 그리고 그는 손을 펴 벽에 대 본다, 그리고 그는 벽이 그에게 무엇인가 말하고 있음을 느낀다, 그는 생각한다, 말하도록 할 수 없는 어떤 것, 하지만 그런 것이 있다, 그건 단순하다, 그는 생각한다, 그리고 마치 사람을 만지는 것 같다, 그는 생각한다, 사람을 만질 때 어떤 말이 나오는 것처럼 거의 마치 어떤 말이 나오는 것 같다, 그는 생각한다, 그리고 그는 쓰다듬는다, 그의 쓰다듬기는 거의 애무와 같다, 손가락이 부드럽게 갈색 벽지 위로 미끄러진다, 그리고 그는 발걸음 소리를 듣는다, 그는 손을 뺀다, 그리고 방문이 열리는 것을 본다, 거기 문에는 그녀가 서 있다

당신이 집에 오니 좋아요, 싱네가 말한다

걱정하고 있었어, 그녀가 말한다

내가 어떤지 당신도 알지, 그녀가 말한다

그리고 그는 잠깐 산책했다고 말한다, 국도를 따라, 그가

말한다, 그리고 그는 바닥을 바라본다, 눈을 들어 거기 서서 문을 열어 놓고 있는 그녀를 본다, 그리고 그녀는 그에게 피오르드에 나간 게 아니었느냐고 말한다, 그리고 그는 이런 날씨에 나가지 않았다고 말한다, 바람과 비가 너무 심하고 어둡기도 하다고 그가 말한다

하지만 당신, 싱네가 말한다

그녀의 목소리에 담긴 불안이 벽의 목소리에 담긴 말없는 평온과 섞인다

응, 어슬레가 말한다

하지만 당신은 나가려 한다고 했잖아, 싱네가 말한다

그랬지, 하지만 생각을 바꿨어, 잠깐 국도를 따라 걸었지, 어슬레가 말한다

잘했어, 지금처럼 이렇게 바람이 불고 이렇게 어둡고 이렇게 추우면, 응, 응, 그래, 그녀는 말한다, 그는 그렇게 준비되어 있고, 어떤 날씨든 상관없이 피오르드에 나간다고 그녀는 말한다, 하지만 추우니 온기가 방에서 빠져나가게 하면 안 된다고, 자기가 난방을 잘해 놓았다고 그녀는 말한다, 이제 들어오라고 그녀는 말한다

이미 그랬던 것일 수도 있지, 어슬레가 말한다

무슨 말이야, 싱네가 말한다

응, 내가 산보 간다고 말했지, 피오르드에 나가기엔 바람

과 비가 너무 심하다고, 그런데 난 나가곤 했지, 어슬레가 말한다
　응, 그랬지, 싱네가 말한다
　하지만 오늘은 아냐, 어슬레가 말한다
　당신이 지금 집에 있으니 좋아, 싱네가 말한다
　그는 서 있다, 그는 어떻게 해야 할지 모른다, 그는 생각한다
　당신이 걱정돼, 싱네가 말한다
　무슨 일이야, 그녀가 말한다
　어서 와, 거기 그렇게 서 있지 마, 그녀가 말한다
　응, 어슬레가 말한다
　그리고 그는 그녀를 사랑스럽게 바라본다
　갈게, 어슬레가 말한다
　그리고 그는 서 있다
　여기는 추워, 가자, 우리 방으로 가, 난로에 불이 멋지게 타고 있어, 싱네가 말한다
　그리고 그녀는 가볍게 그의 손을 잡는다, 그리고 그녀는 바로 다시 손을 놓고 방으로 들어간다, 그녀는 거기 의자에 누워 있는 자신을, 방으로 들어가는 자신의 모습을 본다, 그리고 들어오는 그를 본다, 그리고 그녀는 바로 그의 뒤에 알레스도 들어오는 것을 본다, 그녀도 방으로 들어간다, 그리

고 난로로 가는 자신을, 장작을 집는 자신을 본다, 그리고 허리를 굽히는 자신을 본다, 그리고 그는 그녀를, 그녀가 허리를 굽히고 난로 앞에 서 있는 모습을 본다, 그리고 그녀는 장작을 불 속에 비스듬히 집어넣는다, 그리고 그 순간, 그는 알레스가 장작을 난로에 집어넣는 모습을 본다, 싱네가 아니다, 알레스다, 그의 고조할머니, 지금 그녀는 난로 앞에 서서 장작을 비스듬히 집어넣는다, 그리고 그녀의 검은 머리가 빛난다, 그리고 그는 뒤쪽 구석 의자에 크리스토페르가 누워 있는 것을 본다, 하얀 양털 이불에 감싸여, 그리고 그는 알레스가 나가는 것을 본다, 그리고 그 여자는 의자 모서리에 앉아 크리스토페르의 이마를 짚어 본다

열은 없을 거야, 귀여운 크리스토페르, 알레스가 말한다

벌써 조금 따뜻해졌네, 그 여자가 말한다

더 자거라, 귀여운 것, 그 여자가 말한다

그는 크리스토페르가 고개를 끄덕이는 것을 본다, 그리고 그는 난로 앞에 서서 불꽃을 들여다보는 그녀를 바라본다

거기 서서 불을 들여다보고 있네, 어슬레가 말한다

응, 그러고 있어, 싱네가 말한다

그리고 그는 그녀가 계속 서서 불꽃을 들여다보고 있는 것을 본다, 그리고 그는 불꽃이 장작을 감싸고 모여들어 불이 붙는 모습을 본다, 그리고 곧바로, 장작은 불꽃의 일부가

되어 버린다, 그리고 그는 창문을 바라본다, 그는 창문에 비쳐 어른거리는 불꽃을, 밖의 어둠과 섞이고 창문 아래로 흘러내리는 비와 섞이는 불꽃을 본다, 그리고 바람 소리를 듣는다

끔찍해, 이 바람, 싱네가 말한다

응, 바람이 세졌어, 어슬레가 말한다

그리고 그는 의자를 바라본다, 그는 알레스가 의자에 누워 크리스토페르에게 팔을 뻗어 품에 꼭 끌어안고 이리저리 흔드는 모습을 본다

이 가을 폭풍이 점점 안 좋아져, 어슬레가 말한다

최근 몇 년 동안 더 나빠졌지, 그가 말한다

하지만 매년 뭔가 달라, 그가 말한다

어쨌든 예전에는 이렇게 나쁘지 않았어, 그가 말한다

그리고 그는 창 쪽으로 가 서서 밖을 내다본다, 그리고 그는 바람이 너무 불어 보트가 잘 고정되어 있는지 걱정이라고 말한다, 어쩌면 내려가서 보트를 살펴봐야 하겠다고 말한다, 그리고 그녀는 이런 날씨에는 안 된다고 말한다, 안 되는 건 안 되는 거야, 그녀는 말한다, 그가 보트를 잘 고정해 놓았을 거라 말한다, 어쩌면, 그가 말한다, 그때 벽이 흔들린다

아이구, 돌풍이었어, 싱네가 말한다

이렇게 세지다니 믿을 수 없어, 어슬레가 말한다
아무래도 보트를 살펴봐야겠어, 그가 말한다
안 돼, 안 되는 건 안 되는 거야, 싱네가 말한다
망가지진 않겠지, 어슬레가 말한다
하지만 조심해, 싱네가 말한다
그리고 그는 창가에 좀 더 가까이 가서 내다보려고 한다, 어둠과 창문을 때리는 비 이외에는 아무것도 보이지 않는다, 그는 좀 나가 볼게라고 말한다
응, 하지만 빨리 들어와, 싱네가 말한다
금방 보트만 보고, 어슬레가 말한다
옷도 잘 입었어, 알잖아, 그가 말한다
당신이 좋은 스웨터를 짜 줬지, 그가 말한다
그리고 그는 그녀에게 미소 짓는다, 그녀는 그가 현관문으로 나가 등 뒤에서 문을 닫는 것을 본다, 그리고 그녀는 의자에 누워 있는 자신을, 방 한가운데 서 있는 자신을 본다, 그녀는 왜 항상 자기 모습을 보아야 하는가? 그녀는 생각한다, 그리고 그녀는 알레스가 의자 모서리에 앉아 윗도리를 끌어올리고, 크리스토페르를 가슴에 안는 것을 본다, 크리스토페르가 입을 벌리고 젖꼭지를 찾는다, 그리고 빨고 또 빤다, 그리고 그녀는 알레스가 아이의 검은 머리를 쓰다듬는 것을 본다, 그리고 그녀는 창가로 가는 자신을 본다, 그

리고 그녀는 거기에 서서 밖을 내다보는 자신을 본다, 그리고 그녀는 생각한다, 의자에 누워 있는 자신의 모습을, 그는 왜 돌아오지 않는 걸까? 그는 어떤 사람이 된 것일까? 그는 왜 사라져서 돌아오지 않는 걸까? 그녀는 생각한다, 그는 늘 여기에 있었다, 그런데 그는 그냥 사라졌다, 그의 보트, 그녀는 생각한다, 그녀는 보트를 찾아냈다, 비어 있었다, 십일월 말, 어느 어두운 가을 저녁에, 한참 전에, 그게 벌써 이십삼 년이다, 1979년이었다, 어느 화요일, 그는 돌아오지 않았고 당시에 그녀는 그가 피오르드에 오래 있나 보다 생각했을 뿐이었다, 그녀는 생각한다, 그가 곧 돌아오면 좋겠다고 그녀는 생각했다, 하지만 시간은 흘러갔다, 조금씩 조금씩, 아니다, 그녀는 그런 생각을 할 수 없다, 너무 괴롭다, 그녀는 생각한다, 아니다, 그녀는 더 이상 그 생각을 하고 싶지 않다, 그녀는 생각한다, 그는 떠났다, 그는 다시 돌아오지 않는다, 그녀는 밖으로 나갔고 그를 기다렸다, 보트 선착장에 서 있었다, 어둠 속에, 빗속에, 바람 속에, 거기에 서서 기다렸다, 그는 바로 돌아와야 했을 텐데? 그는 왜 오지 않았나? 하지만 그는 결코, 아니다, 그녀는 그 생각을 할 수 없다, 그는 돌아오지 않았고, 보트만, 그 이후 그날, 그것만 만의 물가에 떠 있었다, 바위에 부딪히고 있었다, 그리고 비어 있었다, 아니다, 그 생각을 해선 안 돼, 그녀는 생각한다, 그는 돌아오지 않았다, 사라졌다, 떠나 버렸다, 그녀는 그를 찾았다, 하지만 그것, 아니다, 그녀는 그것을 생각할 수 없다, 그렇게 찾아 헤맨 일, 하루 종일, 물속을 뒤지고, 그런 다음 보트, 텅 빈, 뭍으로 올라오는 파도에 씻기는 물가, 그리고 나중에 보트를 불태워 버린 이웃 농장의 두 젊은 애들, 그건 아무런 문제도 아니었다, 그녀는 생각한다, 어차피 보트는 망가진 채 해안에 놓여 있었을 테니, 그리고 그녀는 그걸로 아무것도 할 수 없었을 테니, 아니다, 보트는 거기 그냥 놓여 있었다, 어쩌면 일 년 내내, 그런 다음 이웃 농장의 두 젊은 애들이 왔고 보트를 성요한제 전야의 불로 태워도 되는지 물었고, 그녀는 허락했다, 그녀는 생각한다, 그래서 이웃의 젊은 애들은 보트를 태웠고 보트 또한 없어졌다, 그녀는 더 이상 그 생각을 말아야 한다, 그녀는 견디지 못한다, 그녀는 생각한다, 더 이상 그 생각을 할 수 없다, 그녀는 생각한다, 그리고 그녀는 그의 내면에 무슨 일이 일어났는지 결코 이해하지 못했다, 그들이 서로를 알게 되었을 때, 처음에는 그런 일이 없었다, 그녀는 생각한다, 어쩌면 그녀가 첫눈에 그에게 그토록 가까움을 느꼈다는 게 문제였을까, 그가 당시에 검고 긴 머리를 하고 그녀에게 다가왔을 때, 그때부터 오늘까지, 아니면 어쨌든 그가 사라져 버렸을 때까지, 그들은 내내 서로 그토록 가까웠다, 그녀는 생각한다, 왜 그랬던 걸까? 둘은 왜 그렇게 서로에게 매달리나? 아니면 적어도 그녀가 그에게, 그리고 그가, 그렇다, 그는 그녀에게 매달렸다, 어쩌면 그녀가 그에게만큼은 아닐지도 모른다, 하지만 좋다, 그렇다, 그들은 서로에게 어쨌든 매달렸다, 그랬었다, 당연히, 그가 그녀에게, 그녀가 그에게, 하지만 어쩌면 그가 그녀에게 매달렸던 것보다 그녀가 그에게 더 매달렸을지도 모른다, 그럴 수 있다, 하지만 뭐가 달라지나? 아니다, 그녀는 왜 그런 생각을 하나? 그녀는 생각한다, 그가 그녀 곁에 있었으니까, 그는 떠나지 않았으니까, 그는 여기 그녀 곁에 있었다, 내내, 그가 갑자기 사라지기 전까지, 그녀는 생각한다, 그는 그녀 곁에 있었다, 그녀가 다가오는 그를 본 첫 순간부터, 그리고 그는 거기 서 있었고 그들은 단지 서로를 바라보았고 서로 미소 지었다, 마치 오래 알고 있었던 것처럼, 어떤 식으로든 늘 알고 있는 것처럼, 하지만 계속 만나지는 못했고 그래서 그만큼 너무나 기쁜 것처럼, 이 재회는 기쁨이 주도하는 만큼 두 사람을 즐겁게 해 주었다, 그 기쁨은 그들에게 일생 동안 뭔가 아주 중요한 것이 빠져 있었던 것처럼 그들을 서로에게 이끌어 주었다, 그리고 이제 마침내 그 중요한 것이 이루어진 듯하다, 이제 그 중요한 것이 나타났다, 그들이 서로 처음 만났을 때 그것이 느껴졌다, 그것은 아주 우연이었고, 어렵지도 않았으며 놀

라운 것도 아니었다, 그렇다, 그것은 그럴 수밖에 없었던 것처럼, 이미 미리 정해져 있었던 것처럼 아주 당연했다, 어떤 식으로든 그랬다, 그녀가 어떤 행동을 하든, 하지 않든, 말하자면 전혀 차이가 없었다, 모든 게 마치 정해져 있었던 듯, 진행되어야 하는 듯 그렇게 진행되었다, 그녀는 생각한다, 그래, 그래, 그랬지, 시간이 지나도 변할 건 없었다, 그는 결코 쉽게 흥분하는 사람이 아니었고 그녀도 아니었다, 그들은 그럴 필요가 없었다, 그랬었다, 그랬던 것처럼 그랬다, 그들이 무언가를 계획했는지, 아니면 아니었는지, 그녀는 생각한다, 하지만 언젠가, 그렇다, 그때 그로부터 편지가 왔다, 그는 그녀의 주소를 알아내기가 얼마나 힘들었는지, 그리고 일상에 관해 무엇인가 썼다, 그 이상은 절대 아니었다, 단지 몇 마디 말, 얼마 되지 않는 말, 하지만 그들은 그것으로 충분했다, 더 이상은 전혀 필요가 없었다, 그리고 그녀는 답장을 했다, 당연한 일이다, 그녀가 그에게 썼던 편지를 생각하는 건 그녀에게 조금 창피한 일이다, 그는 허풍을 떠는 성향이 아니었지만 그녀는 허풍으로 편지를 썼기 때문이다, 하지만 그녀는 그 생각을 하려 하지 않는다, 그는 참기 힘들었겠지만, 그건 허풍이었기 때문이다, 단지 허풍을 지어내고 숨기기, 그는 그렇게 생각했다, 그들은 지나간 것을 그대로 두지 않고 치워 버렸고 뭔가 허세를 떠는 체하기도 했다,

그는 그렇게 생각했다, 그는 삶에서, 모든 것에서 허세를 좋아하지 않는다, 그녀는 생각한다, 그의 보트, 그 작은 나무 보트, 그만의 요한네스가 만든, 그렇게 불렸던, 그 나이 많은 남자가 만든 작은 나룻배도 그랬다, 그리고 그 둘, 보트 제작자와 보트 모두 완전히 믿을 수는 없었다, 그리고 어쩌면, 그 생각은 하지 말아야 한다, 그녀는 생각한다, 그리고 그녀는 창가에 서서 밖을 내다보고 있는 자신을 본다, 그리고 그녀는 거기 의자에 누워 있는 자신을, 알레스가 크리스토페르를 품에서 떼어 놓는 것을 본다, 크리스토페르는 조금 칭얼대더니 알레스의 품에서 잠든다, 그리고 그녀는 알레스가 윗도리를 다시 끌어내리는 걸 본다, 알레스가 크리스토페르를 안은 채 일어선다, 그리고 그녀는 방으로 난 문을 열고, 등 뒤에서 문을 다시 닫는다, 그런 다음 그녀는 창가 쪽 자신을 바라본다, 거기에 서서 그녀는 밖을 내다보고 있다, 그리고 창가에 서 있듯 이제 더 이상 여기 서 있을 수 없다, 그녀는 생각한다, 그녀는 여기에만 계속 서 있을 수 없다, 그가 돌아오지 않고 있다, 그녀는 무엇인가 해야 한다, 그녀는 앉아서 장작을 더 넣어야 한다, 어쨌든 여기에 더 이상 서 있을 수는 없다, 그녀는 생각한다, 이제 그가 분명 곧 다시 집에 오기 때문이다, 그녀는 생각한다, 그래, 당연하지, 날씨가 너무 나쁘다, 그는 오래 밖에 있고 싶지 않을 것이다, 그는 밤까지 피오르드에 나가 있을 수도 없다, 그 보트를 타고 떠날 수도 있겠지만, 그때의 그 보트 제작자, 그 나이 많은 남자, 그는 전혀 건강하지 못했고 힘도 없었다, 평생 동안 거기 서서 보트에 못을 박는다 해도, 날마다 어떻게 못만 박을 수 있을까, 그렇게 해서 언젠가 보트가, 작은 나무 보트가, 십오 피트 길이, 기껏해야 십육, 좁고 앞과 뒤는 뾰족한 나룻배가 만들어진다, 그리고 보트는 얇다, 보트에 앉은 그와, 물, 파도, 끔찍하게 깊은 피오르드 사이에 얇은 선체, 피오르드는 끝없이 깊다, 여기 위, 밝고 어둡고 바람 부는 여기 위에서 재서 천 미터 이상, 그리고 피오르드 밑으로 계속 계속 더 깊어진다, 일종의 바닥에 닿을 때까지, 보트에 앉은 그와, 물, 그리고 그 밑의 거대한 어둠 사이에, 각 면에 세워진 세 개의 나무판, 그 얇은 보트의 벽, 그리고 그녀가 그와 함께 보트에 앉아 있었고 파도가 보트 안으로 몰려들던 당시처럼, 여전히 파도가, 아니다, 아니다, 그 생각을 절대 해선 안 돼, 그녀는 생각한다, 그리고 그녀는 창문에 흘러내리는 비를 본다, 그리고 그녀는 밖에서는 아무것도 볼 수 없다, 어둠만 볼 수 있을 뿐, 그리고 이 바람, 바람이 끊임없이 분다, 오늘 이런 날씨가 되어 버렸다, 오늘 아침만 하더라도 모든 게 평온했고, 갈색에 느린 움직임이었다, 하지만 지금 바람이 불고 비가 온다, 정말 좋지 않다,

그녀는 생각한다, 그래도 그가 곧 돌아오기만 한다면, 이 기다림, 계속되는 이 기다림, 그건 좋다, 기꺼이 기다릴 것이다, 그녀는 생각한다, 그리고 그녀는 의자에 누워 있는 자신을, 방을 가로질러 현관문으로 가는 자신을 본다, 그리고 그녀는 서 있는 자신을 본다, 그녀는 방 한가운데 서서 멍하니 앞을 응시한다, 그리고 그것, 그러니까 자기가 늘 자신을 보고 있어야 한다는 걸 생각한다, 그녀는 그걸 멈출 수가 없다, 예전에 있었던 모든 게 늘 여기 있다, 하지만 그렇다, 그래, 그래, 그 생각을 하는 건 아무런 도움이 안 돼, 그녀는 생각한다, 그리고 그녀는 자기 앞의 그를, 그가 자기 쪽으로 오는 모습을 본다, 조금 구부정한 이 걸음걸이, 긴 검은 머리, 그는 갑자기 거기 있었다, 아주 간단히 그렇게, 그리고 그가 항상 거기 있었던 것 같았다, 그리고 지금, 그렇다, 그랬고 아무것도 변할 건 없었으니까, 거기서 벗어나는 건 불가능한 것 같았다, 그렇다, 물론 그녀는 벗어나려 시도해 보았고, 이것저것 깊이 생각도 해 보았고, 이것저것 해 보았다, 하지만 그들은 더욱더 강하게 서로에게 매달렸다, 그에 반하는 어떤 의지도 소용없는 것처럼, 그리고 그는 바로 그런 식으로 지냈다, 그는 그러길 원했고, 또한 원하지 않기도 했다, 그는 그가 할 수 있는 만큼 자유롭고자 했다, 하지만 그런 다음, 그렇다, 그런 다음 그렇게 된 것처럼, 늘 그랬던 것처럼, 모든 게 그렇게 되었다, 그녀는 생각한다, 여기에 누워 있을 수만은 없다, 그녀는 생각한다, 일어서야 한다, 무언가 해야만 한다, 이렇게 늘 의자에 누워 있을 수만은 없다, 그녀는 생각한다, 그리고 그녀는 방 한가운데 서서 멍하니 앞을 응시하고 있는 자신을 본다, 그리고 그녀는 현관문으로 가서 손잡이를 잡는 자신을 본다, 그리고 그녀는 거기 서 있는 자신을 본다, 문손잡이를 잡은 채, 그리고 그녀는 거기 서 있는 자신을 생각한다, 손잡이를 잡은 채, 그는 왜 오지 않는 걸까? 늘 기다리고 기다리지만, 그는 이렇게 오랫동안 나가 있다, 하지만 그가 곧 돌아온다면, 그녀는 생각한다, 그리고 그녀는 손잡이를 놓는다, 그리고 거기 의자에 누워 있는 자신의 모습을, 다시 창가로 가서 거기 서 있는 자신을 본다, 그리고 그녀는 다시 거기에 서서 창밖을 내다본다, 그리고 그녀는 생각한다, 그는 이제 곧 돌아와야 해, 그리고 그가 생각한다, 맙소사, 바다가 이리 거칠다니, 맙소사, 밀물이 이리 높다니, 그는 생각한다, 거기 선착장에 서 있는 자신의 모습을, 끔찍한 날씨다, 그는 생각한다, 밀물이 높다, 파도가 올 때마다 매번, 선착장과 그의 장화를 넘쳐흐른다, 그리고 그의 보트는 파도 속에서 위로 아래로 흔들린다, 그렇게 높이 보트는 시소를 탄다, 곧바로 뒤집힐 듯, 파도가 곧바로 뱃전을 넘어 보트 안으로 밀려들 듯, 그렇게 깊이 아래로, 보트는 그렇게 아래로 깊이 내려간다, 그러다가 다시 위로 솟구친다, 계속 다시, 계속 다시, 바다가 더 불안해지면, 그러면 좋지 않아, 그는 그렇게 믿고 몸을 돌린다, 그리고 생각한다, 집에 가는 게 낫겠다, 여기선 아무것도 제대로 할 수 없다, 이렇든 저렇든 안 된다, 그는 생각한다, 어쩌면 그래도 날씨가 아주 나쁜 건 아니지 않나? 그렇다, 바람이 꽤 심하지만, 뭐 어떤가? 보트는 멀쩡하다, 이런 날씨에도 잘 버티고 있다, 그는 생각한다, 그래도 오늘 잠깐 피오르드에 나갈 수 있을 것 같은데, 보트는 괜찮으니까, 그러니까, 그는 생각한다, 보트는 이런 파도도 견디고 있다, 그는 생각한다, 왜 안 되나? 잠깐 나가면 왜 안 되나? 그는 생각한다, 그리고 그는 선착장 끝으로 간다, 파도가 그의 장화 위로 쓸려 든다, 그는 밧줄을 풀고 보트를 끌어낸다, 잠깐만 나가는 거야, 파도, 바람 그리고 빗속에서, 그리고 어둠 속에서 잠깐 타는 거야, 그는 생각한다, 보트가 선착장에 부딪히지 않도록 조심해야 한다, 그는 생각한다, 그리고 보트를 조심스럽게 끌어낸다, 이제 그는 뱃머리를 손으로 잡고 발 하나를 보트에 들여놓을 수 있다, 그런 다음 다른 발도, 이제 그는 보트에 앉아 있다, 파도가 그를, 그리고 보트를 아래, 위로 흔든다, 그는 선착장을 밀어 보트를 띄우고 노를 잡는다, 그는 노를 선착장에 대고 밀어 보트가 선착장과 떨어지게 만든다, 그리고 선미의 밧줄도 푼다, 어둠 속에서 보트가 위, 아래로 흔들린다, 그는 가운데 노 젓는 곳에 자리를 잡고 노를 끼운다, 그리고 그는 파도에 맞서 온 힘을 다해 노를 젓는다, 보트가 잘 나간다, 보트는 파도 위에서 위, 아래로 흔들린다, 그리고 그는 온 힘을 다해 노를 젓는다, 보트가 나간다, 무겁게 그리고 천천히, 위로 아래로, 파도 위에서, 위로 아래로, 보트는 앞으로 나간다, 천천히, 하지만 보트는 안정적으로 피오르드를 향해 움직이고 있다, 계속 앞으로, 바람 속에서, 빗속에서, 어둠이 그를 짙게 감싸고 있음에도, 이상하게 어둡지 않다, 그는 생각한다, 피오르드가 검게 빛나고 있기 때문이다, 그리고 이제는 춥지도 않다, 그는 두꺼운 검은색 스웨터를 입고 있고 노를 저어서 몸에 열이 난다 생각한다, 그리고 그는 어깨 너머로 뒤를 돌아본다, 그리고 거기, 저 뒤쪽, 대략 피오르드 한가운데쯤, 저것은 불이 아닌가? 그렇다, 불이다! 저런 것, 어떻게 그럴 수 있을까? 그는 생각한다, 그리고 그는 노를 내려놓는다, 그러자 곧바로 파도가 그를 빠르게 육지 쪽으로 밀고 가 그는 계속해서 노를 젓는다, 그는 뒤를 돌아본다, 그는 생각한다, 정말 저건 불이다, 어쨌든 불처럼 보인다, 그것도 커다란 불처럼, 그래, 그래, 저기 밖에 불이 타오르고 있다, 피오르드 한가운데서, 그는 생각한다, 그리고 그는 계속 노를 젓고 해안을 바라본다, 그리고 거기, 뭍에, 할머니가 서 있는 건 아닐까? 할머니가 서서 피오르드를 건너다보고 있는 건 아닐까? 아니다, 하지만 그런 것 같다! 아니다, 아무것도 이해되지 않는다, 그는 생각한다, 그리고 힘차게 노를 젓는다, 그리고 그는 그 불이 있는 곳으로 노를 저으려 한다, 그는 생각한다, 그리고 그녀는 분명 지금 창가에 서서 그를 기다린다, 그는 생각한다, 그는 그녀를 무척 사랑한다, 그리고 그녀는 생각한다, 이제 나가서 그가 오는지 봐야 한다, 그녀는 어둠 속을 내다보고 있는 곳, 창가에서 생각한다, 자기는 그런 식임을, 여기 창가에 늘 서 있어야 한다는 것을, 그녀는 생각한다, 그리고 그녀는 어둠 속을 내다본다, 그리고 그녀는 불을 본다, 거기 피오르드 한가운데, 보랏빛 불, 지금은 피오르드의 어둠 한가운데 보랏빛 불이다, 그녀는 생각한다, 그리고 그녀는 창문에 흘러내리는 비를 본다, 그리고 그는 이토록 오랫동안 나가 있다, 그녀는 생각한다, 나가서 그가 오는지 봐야 하나? 그녀는 생각한다, 이제 나가야 한다, 그가 오는지 봐야 한다, 아니면? 그녀는 생각한다, 그는 왜 오지 않을까? 이토록 오래 피오르드에 나가 있었던 적은 없었는데? 아니, 아니, 자주였지, 이미 자주 있었던 일이다, 왜 그런 걱정을 하나? 이상한 건 아무것도 없다, 모든 것이 늘 그랬던 것처럼, 오늘 특별한 건 아무것도 없다, 그녀는 생각한다,

하지만 그래도 이상한 일이다, 그가 오지 않으면 어떻게 해야 하나? 그래도 한 번 나가서 그가 오는지 볼 수 있다, 그녀는 생각한다, 보트 창고로, 선착장으로 내려갈 수 있다, 하지만 날씨는 끔찍하고, 비가 오고 바람이 분다, 십일월 말, 늦가을이다, 그리고 춥다, 십일월 말, 어느 화요일, 분명 그는 곧 올 것이다, 그녀는 그냥 걱정일 뿐이다, 그녀는 생각한다, 하지만, 그렇다, 그녀는 자신을 안다, 정신 차려야 한다, 그녀는 생각한다, 모든 것은 정상이다, 그리고 그는 곧 돌아올 것이다, 그녀는 생각한다, 그녀는 쓸데없이 걱정하고 있다, 그럴 뿐이다, 그건, 아니다, 그녀는 생각한다, 그냥 여기서 얼쩡거려서는 안 된다, 나가서, 피오르드로 내려가서 그가 오는지 볼 수 있다, 그녀는 생각한다, 그녀는 거기 의자에 누워 있는 자신의 모습을, 현관문으로 가는 자신을 본다, 그리고 그녀는 문을 연다, 문이 열리고 그녀가 밖으로 나가는 자신의 모습을 볼 때, 그녀는 한 사내아이가 들어오는 것을 본다, 그리고 그녀는 문이 다시 닫히는 것을 본다, 그리고 그녀는 그 사내아이가 창가로 가는 것을 본다, 이제 아이가 거기 서서 창밖을 내다본다, 그 사내아이는 여섯, 아니면 일곱 살쯤 되었을까, 그녀는 생각한다, 작은 꼬마다, 그녀는 생각한다, 그리고 그녀는 현관문이 열리는 것을 본다, 한 남자, 그는 키가 크고 말랐다, 굼뜬 움직임, 길고 검은 머리에 검고 옅은 수염의 그가 들어온다, 그는 거기 서서, 말하자면 근엄한 눈빛을 보이려 애쓴다, 그리고 그는 한 손을 등 뒤에 감추고 있다, 그리고 한 여자가 들어온다, 작고 어두운 피부색, 마른 몸에 긴 검은 머리, 그 여자는 그녀와 조금 닮았다, 그 여자가 등 뒤로 문을 닫는다, 그리고 수염이 있는 그 남자가 그녀를 향해 뭔가 의미심장하게 눈을 껌벅인다, 그리고 두 사람, 남자와 여자는 사내아이를 바라본다, 아이는 그들에게 몸을 돌리고 커다란 두 눈으로 그들을 바라본다, 두 사람은 아이에게 미소 짓는다

어슬레, 그 여자가 말한다

아빠가 너한테 뭔가 줄 게 있나 봐, 오늘 넌 일곱 살이 되었네, 오늘이 네 생일이야, 십일월 십칠 일, 그 여자가 말한다

그래, 오늘이 1897년 십일월 십칠 일이야, 맞아, 엄마가 말한 것처럼, 크리스토페르가 말한다

어슬레는 부끄럽게, 그리고 호기심에 차서 그들을 바라본다

그래, 바로 엄마가 말한 것처럼, 크리스토페르가 말한다

그리고 크리스토페르는 자유로운 한쪽 팔로 브리타의 어깨를 감싼다, 그리고 등 뒤에 숨기고 있던 손을 갑자기 앞으로 내민다, 손에는 보트가 들어 있다, 작은 나룻배, 길이 오

십 센티쯤, 뱃머리 갑판과 노, 그리고 물을 퍼내기 위한 통, 필요한 모든 게 다 있다, 그가 어슬레에게 보트를 내민다

일곱 번째 생일 정말 축하해, 어슬레, 크리스토페르가 말한다

너처럼 크고 사랑스런 남자아이는, 어슬레, 이런 보트 하나 정도는 있어야지, 그가 말한다

그래, 넌 사랑스런 아이야, 어슬레, 브리타가 말한다

어슬레는 보트를 내밀고 있는 크리스토페르에게 간다, 어슬레는 보트를 받는다, 그리고 서서 보트를 들여다본다, 크리스토페르가 아이에게 손을 내밀고 아이는 그 손을 잡는다, 크리스토페르가 아이의 손을 잡고 천천히 아래, 위로 흔든다, 그리고 어슬레는 서서 보트를 들여다본다

정말 제대로 된 좋은 보트지, 크리스토페르가 말한다

봐라, 뱃머리와 바닥 갑판, 그리고 노, 물 퍼내는 통, 모든 게 다 있네, 그가 말한다

그리고 정말 예쁘게 하얀색으로 색칠도 돼 있고 새 보트처럼 똑같이 타르 냄새도 나네, 브리타가 말한다

아빠가 정말 예쁜 보트를 만들어 주었구나, 그녀가 말한다

네가 재주 많은 아이이기 때문이야, 어슬레, 크리스토페르가 말한다

아빠가 직접 만든 거야, 어슬레가 말한다

크리스토페르는 그렇다고 말한다, 이미 오래전이지만, 어렸을 적, 어느 보트 제작자 밑에서 견습을 한 일이 있었기에 그 보트를 가지고 있는 것이고, 그때 특별히 많은 보트를 만들지는 않았지만 수공으로 보트 만드는 법을 배웠다고 말한다, 그럼 물론이지, 그는 말한다, 그리고 크리스토페르는 서서 보트만 계속해서 들여다보고 있는 어슬레에게 한 걸음 다가간다, 그리고 팔로 아이의 어깨를 감싼다

지금 바로 보트를 시험해 볼래, 어슬레가 말한다

그래, 오늘은 파도가 높지 않을 거야, 크리스토페르가 말한다

하지만 조심해, 브리타가 말한다

조심해야 한다, 그녀가 말한다

어슬레는 조심할 거야, 알잖아, 크리스토페르가 말한다

어슬레는 서서 보트를 들여다보고 현관문을 통해 나간다, 크리스토페르는 브리타에게 고개를 끄덕인다, 브리타는 그에게 미소를 지어 보인다, 그리고 이제 그녀는 의자에 누워 있는 자신을, 문을 통해 부엌으로 들어가는 브리타의 모습을 본다, 그리고 크리스토페르는 그녀의 뒤를 따라가 문을 닫는다, 그리고 그녀는 현관문을 통해 들어오는 자신을 본다, 그리고 그녀는 우비를 입고 있다, 그리고 그녀는 문에

멈춰 서서 방 안을 바라보는 자신을 본다, 그리고 그녀는 밖으로 나가 등 뒤에서 문을 닫는 자신을 본다, 그리고 그녀는 거기 현관에 서 있는 자신을 생각한다, 이토록 늦게, 아냐, 이토록 늦게끼지 그가 없었던 적은 한 번도 없었다, 곧 밤인데, 아직도 집에 와 있지 않다니, 이제 그가 오는지 나가 봐야 한다, 보트 창고로, 선착장으로 내려가 봐야 한다, 내려가서 그를 찾아봐야 한다, 이 바람, 이 비, 이 어둠, 그리고 그녀는 그가 여전히 돌아오지 않음을 생각한다, 그리고 그녀는 현관으로 나간다, 바람이 분다, 비가 온다, 어둠은 검다, 그리고 너무 춥다, 그녀는 현관문을 힘껏 밀어 닫아야 한다, 그만큼 바람이 세다, 그녀는 문을 밀어 겨우 닫는다, 이제 그녀는 밖에, 야외 등 아래, 문 앞 발판 위에 서 있다, 그리고 그녀는 파도 소리를, 빗소리를 듣는다, 그리고 다시 파도 소리, 그리고 너무 춥다, 그냥 여기 서 있을 수만은 없다, 그녀는 생각한다, 그녀는 해안으로 내려가서 살펴보려고, 그를 불러 보려고 밖으로 나왔다, 하지만 그녀가 이런 어둠 속에 서서 그를 불러 볼 수 있을까? 그럴 수 있을까? 아니다, 그녀는 그러지 못한다, 그럴 수 없다, 아니다, 정말로, 그녀는 생각한다, 그리고 그녀는 집을 나와 집 모퉁이를 돌아 멈춰 선다, 그리고 거기 서서 집길을 내려다본다, 그가 집길을 올라오지 않을까? 그렇다, 그는 그래야 한다, 안 그런가? 그녀는 생각한다, 그러면 정말 좋을 것이다, 그가 집 길을 올라온다, 이 검은 어둠 속에서 그녀는 그를 볼 수 있다, 그녀는 생각한다, 아, 그러면 정말 좋을 것이다, 하지만 뭐가, 저기 집길에, 아니다, 저기 그가 온다, 그런데 그가 아니다, 어떤 여자다, 그리고 그녀는 보이는 것처럼 아이를 안고 있다, 그녀의 품에 안긴 아이는 꽤 크다, 도대체 저건 뭐지? 그녀는 생각한다, 무슨 일이지? 마치 밝은 낮인 듯, 그녀는 아주 분명히 볼 수 있다, 아니다, 이해할 수가 없다, 그녀는 생각한다, 그리고 그녀는 자기에게 다가오는 여자를 본다, 그 여자는 정말로 남자아이를 안고 있다, 여자는 그 남자아이를 꼭 껴안는다, 여자가 무척이나 급하게 걷는다, 그리고 남자아이는, 남자아이는 죽었나? 여자가 그녀를 향해 걸어온다, 그리고 남자아이를 안고 있다, 그리고 그 남자아이는 죽은 듯하다, 아이의 옷이 젖었다, 아이의 머리가 젖었다, 그리고 여자의 눈에는, 그 눈엔 절망 앞의 노란 햇살 같은 무언가가 비친다, 뭐지? 도대체 뭐지? 그녀는 생각한다, 검고 긴, 숱 많은 머리의 여자, 그 여자는 집길 위에 멈춰 선다, 그리고 여자는 거기 서서 남자아이를 꼭 껴안는다, 여자는 거기 그렇게 그냥 서 있다, 집길 한가운데, 머리를 떨구고, 남자아이를 품에 안고, 그리고 그녀는 거기, 꼼짝 않고 서 있는 여자를 바라본다, 그리고 그녀는 무엇인가 부르는 목소리를 듣는다, 도대체 뭐지? 그리고 그녀는 해안을 내려다본다, 그리고 거기, 보트 창고에서 올라가는 좁은 길에, 그녀는 한 남자를 본다, 그는 마르고 큰 키에 동작이 느리다, 그리고 검고 긴 머리, 옅은 검은 수염, 그가 뛰어 올라온다, 한 손엔 아가미에 끈을 꿰어 흔들거리는 물고기를 들고 있다, 그리고 긴 머리의 일부가 그의 얼굴에 흘러내려와 있다

왜 그래, 브리타? 그 남자가 소리친다

무슨 일이야, 어슬레에게 무슨 일 있어? 그가 소리친다

그리고 남자가 뛰어온다, 그리고 그녀는 브리타의 검은 머리를 본다, 숱 많은 여자의 검은 머리가 밑으로 떨어진다, 그리고 품에 안은 어슬레를 덮는다, 브리타가 어슬레를 앞뒤로 흔들기 시작한다, 남자가 브리타의 곁에 다다른다, 그리고 그는 팔을 벌려 브리타와 어슬레를 안는다, 그리고 그는 두 사람을 안은 채 거기 서 있다, 어슬레의 등 뒤로 끈에 꿴 물고기가 흔들거린다, 남자의 긴 검은 머리가 브리타의 머리 위로, 어슬레에게로 떨어진다, 그리고 그들은 거기 서 있을 뿐이다, 움직임 없이, 시간이 흘러간다, 그리고 그들은 거기에 서 있다, 그녀는 생각한다, 그들은 그냥 거기 서 있을 뿐이다, 그리고 크리스토페르가 브리타를 놓아주고 한 걸음 뒤로 물러난다

무슨 일이야? 그가 묻는다

어슬레가 물에 빠졌어, 브리타가 말한다

살아 있는 거지, 남자가 묻는다

응, 크리스토페르, 브리타가 말한다

오늘이 애 생일이야, 오늘이 어슬레의 일곱 번째 생일이야, 크리스토페르가 말한다

어슬레는 죽었어, 브리타, 그가 말한다

아냐, 죽지 않았어, 그렇게 말하면 안 돼, 그런 말 하지 마, 크리스토페르, 브리타가 말한다

어슬레는 죽었어, 크리스토페르가 말한다

일곱 살이 되었고, 그런데 죽었어, 그가 말한다

아냐, 살아 있어, 브리타가 말한다

아이가 죽은 게 보이지 않는 거야, 크리스토페르가 말한다

브리타는 어슬레를 안고 서 있다, 어슬레의 팔이 밑으로 흔들거린다, 그의 머리가 밑으로 흔들거린다, 두 눈은 뜨고 초점이 전혀 없다

넌 늙은 게 아냐, 겨우 일곱 살이 되었을 뿐이야, 오래 살았어야 했어, 이렇게 짧은 생이 아니라, 크리스토페르가 말한다

그리고 브리타는 거기 서 있다, 몸을 앞으로 굽히고, 그녀의 길고 검은, 숱 많은 머리가 어슬레 위로 쏟아져 있다

죽지 않았어, 브리타가 말한다

그리고 브리타는 머리카락 사이로 크리스토페르를 향해 시선을 든다

아니, 죽었어, 크리스토페르가 말한다

크리스토페르는 다시 한 걸음 뒤로 물러난다, 그리고 멈춰 서서 그녀를 바라본다

브리타, 크리스토페르가 말한다

브리타는 대답하지 않고 전처럼 그 자리에 서 있을 뿐이다, 그녀의 길고 검은 머리가 그녀의 얼굴을 덮고 있다

어슬레는 죽었어, 크리스토페르가 말한다

어슬레는 죽지 않았어, 브리타가 말한다

그런 말 하지 마, 크리스토페르, 죽었다는 말 하지 마, 그녀가 말한다

어슬레는 우리를 떠났어, 크리스토페르가 말한다

아이는 죽었어, 그가 말한다

그리고 크리스토페르는 집길을 걸어 올라간다, 그는 집 모퉁이를 돌아 앞마당을 넘어간다, 천천히, 한 걸음 한 걸음, 그리고 끈에 꿴 물고기가 이리저리 흔들린다, 크리스토페르는 걸음을 뗄 때마다 안으로, 그리고 걷고 있는 땅으로 무너져 내리는 것처럼 보인다, 그녀는 생각한다, 그리고 그녀는 거기 서 있는, 거기 서서 바닥만 바라보는 크리스토페

르를 본다, 그는 거기 서 있다, 물고기가 매달린 끈을 손에 들고, 그리고 그는 바닥을 바라본다, 그리고 그녀는 몸을 돌려 집길을 내려간다, 그리고 그녀는 브리타 곁에 멈춰 선다, 그리고 손을 들어 브리타의 검고 숱 많은 머리를 쓰다듬는다, 그녀는 계속 브리타의 머리를 쓰다듬는다, 그리고 그녀는 발걸음 소리를 듣는다, 그리고 그녀는 집길을 내려오는 크리스토페르를 본다, 물고기가 끈에 매달려 이리저리 흔들리고 크리스토페르가 브리타의 곁에 와 선다, 그리고 그도 역시 그녀의 머리를 쓰다듬는다

  올라가자, 브리타, 그가 말한다

  여기 서 있을 수는 없어, 그가 말한다

  우리 집에 들어가야지, 그가 말한다

  브리타는 긴 머리카락 사이로 크리스토페르를 향해 시선을 든다

  오늘은 1897년 십일월 십칠 일이야, 브리타가 말한다

  1897년 십일월 십칠 일이라고, 크리스토페르가 말한다

  1897년 십일월 십칠 일, 브리타가 말한다

  크리스토페르가 브리타의 어깨를 팔로 감싼다, 그리고 크리스토페르와 브리타는 천천히, 브리타는 어슬레를 안고, 집길을 올라간다

  1897년 십일월 십칠 일에 어슬레가 죽었어, 브리타가 말

한다

1890년 십일월 십칠 일에 태어났지, 그녀가 말한다

크리스토페르가 멈춰 선다, 그리고 브리타가 멈춰 선다, 그들은 거기에 서서 갈색 땅을 쳐다본다, 현관문이 열리고 어느 나이 든 여자가 나와 문 앞 발판에 선다, 그리고 크리스토페르가 그녀를 바라본다

우리를 떠났어요, 어슬레가, 크리스토페르가 말한다

쓸데없이 거기 서 있지 마라, 나이 든 알레스가 말한다

남자의 길은 이해할 수 없는 거란다, 그녀가 말한다

잘 지낼 거야, 어슬레는, 하늘의 하나님 곁에 있으니, 그러니 슬퍼하지 말거라, 그녀가 말한다

슬퍼하지 말거라, 그녀가 말한다

하나님은 긍휼하시니, 그녀가 말한다

그리고 나이 든 알레스는 손을, 짧고 구부러진 손가락인 한 손을 얼굴로 가져가 검지 옆면으로 눈 주위를 훔친다

긍휼하시니, 그녀가 말한다

그러고는 나이 든 알레스는 고개를 떨군다, 그녀의 어깨가 떨린다, 그녀는 거기 그렇게 서 있다, 그녀는 거기 그렇게 서 있을 뿐이다, 크리스토페르와 브리타, 어슬레를 안고 있는 브리타처럼 똑같이. 점점 더 어두워지고, 그들은 거기에 그렇게 서 있을 뿐이다. 그들은 그냥 거기에 그렇게 서

있다, 그들은 전혀 움직이지 않는다, 그녀는 생각한다. 그들은 거기에 서 있다, 그들은 아주 오래전부터 그런 것처럼 거기에 서 있다, 그녀는 생각한다. 그리고 그녀 또한 거기에 서 있다. 그녀는 거기 서서 어슬레를, 브리타를, 크리스토페르를, 그리고 나이 든 알레스를 바라본다. 그런 다음 그녀는 몸을 돌리고, 멀리 뒤쪽, 다른 편의 목초지가, 그러니까 산속 폭포에서 시작하여 산에서 나와 산 뒤쪽으로 이어지는 강 쪽으로 비스듬히 아래로 떨어져 이어지기 전 끝나는 곳, 거기 높은 언덕을 바라본다, 그녀는 언덕 높이 한 소년이 서 있는 것을 본다, 그는 거기에 아주 조용히 서서 오래된 집을 내려다본다, 그리고 그는 손에 막대기를 들고 있는 건 아닌가? 그렇다, 가지고 있다, 나뭇가지에서 잘라 낸 긴 막대기가 그의 어깨에 걸쳐 있다, 혹시 그걸로 강에서 낚시를 한 걸까? 그녀는 생각한다, 그리고 그녀는 소년을 바라본다, 어린아이일 때의 그인가? 아이가 그와는 닮아 보이지 않는데? 하지만 이렇게 먼 거리에서 어떻게 아이가 그라는 것을 알 수 있지? 그녀는 생각한다, 하지만 그래도, 그녀는 알 수 있다, 아이가 멀리 떨어져 있으면서도 아주 가까이 있기에, 그리고 아주 어두우면서도 동시에 아주 밝기 때문에, 그녀는 생각한다, 참으로 이해할 수 없는 일이다, 그녀는 저 멀리 뒤쪽, 언덕의 맨 위, 한 소년이 서 있는 걸 보고 있기 때문이다, 그래도 그녀는 소년의 얼굴을 분명하게 알아볼 수 있다, 마치 가까이 있는 것처럼, 그녀는 아이가 그라는 것을 분명하게 알아본다, 그리고 그녀는 그가 자기에게 달려오는 것을 본다, 그런데 갑자기 다른 얼굴이다, 완전히 다른 얼굴이다, 하지만 머리는 검다, 마치 그의 머리처럼, 하지만 그는 지금, 브리타가 거기 서서 품에 안고 있는 어슬레와는 닮아 보이지 않는다, 지금 그녀는 그걸 분명히 알 수 있다, 그리고 예전의 그가 아니다, 같은 나이의, 다른 아이다, 다른 아이, 하지만 이 소년은 아마도 브리타가 안고 있는 어슬레일 것이다, 그리고 이제 소년은 집 근처에 거의 다다랐다, 그녀는 몸을 돌리고 오래된 집을 본다, 그리고 거기, 집 앞, 그녀는 브리타가 여전히 거기 서 있는 것을 본다, 어슬레를 안고, 그리고 크리스토페르가 끈에 꿴 물고기를 들고 거기 서 있다, 그리고 현관 앞 발판에는 나이 든 알레스가 서 있다, 그리고 지금 그녀는 본다, 지금 그녀는 본다, 지금 그녀는 브리타가 안고 있는 어슬레인 소년이 자기를 향해 달려오고 있는 것을 본다, 그리고 그녀는 그 소년이 막대기를 놓아 버리는 걸 본다, 그런 다음 마치 소년은 브리타가 안고 있는 소년 안으로 사라져 버리는 듯하다. 그런 다음 현관 앞 발판 위에서, 나이 든 알레스는 기운을 차리고 천천히 몸을 돌려 집 안으로 들어간다. 자기 집 안으로, 알레스가 자기 집으로 들어간다, 그녀는 생각한다. 그리고 집 앞, 마당에 브리타가 어슬레를 안고 서 있다. 그다음, 크리스토페르가 브리타에게 간다, 그런 다음 그는 어슬레를 받아 안는다, 그런 다음 그는 어슬레를 꼭 껴안는다, 물고기 꾸러미가 아래로 흔들린다, 크리스토페르는 어슬레를 흔들어 준다, 앞으로, 뒤로, 물고기 꾸러미가 앞뒤로 흔들거린다

 아냐, 애가 죽을 수는 없어, 브리타가 말한다
 크리스토페르는 대답하지 않는다
 하나님, 이 아이를 우리에게서 데려가시면 안 돼요, 그녀가 말한다
 내 아들을, 내 사랑하는 아들을, 그녀가 말한다
 가장 사랑하는 내 아들을, 그녀가 말한다
 그런데 울라브는 어디 있지, 그녀가 말한다
 울라브 어디 있는지 알아요, 크리스토페르, 그녀가 말한다
 크리스토페르는 어슬레를 마치 세례식 때처럼 안고 집 안으로 들어가고 브리타는 밖에 서 있다, 브리타는 손으로 머리를 쓸어 올려 머리가 뒤로 넘어간다, 드러나는 그녀의 얼굴은 마치 텅 빈 하늘과 같다, 브리타는 그녀 자신도 살고 있는 오래된 집 안으로, 그녀가 많은 세월 그와 함께 살고 있는 오래된 집 안으로 들어간다, 그녀의 집으로, 그녀의 집

이 된 집으로 브리타가 들어온다, 그녀는 생각한다, 낯선 옷을 입고 그녀가 그녀에게 걸어온다, 길고 숱이 많은 검은 머리를 하고 브리타가 그녀의 집으로 들어온다, 그와 그녀의 오래된 집으로 그녀가 들어온다, 그녀는 생각한다, 그리고 이런 거라면, 누군가 다른 사람이 그녀의 집에 들어가는 거라면, 누군가 다른 사람이 그녀의 집에 산다면, 그렇다면 그녀 자신은 아마도 들어갈 수 없는 건가? 그렇다면 그녀의 집이 아닌 건가? 그런데 그녀는 들어갈 수 있나? 그녀는 생각한다, 아니, 그녀는 그럴 수 없는 걸까? 하지만 거기엔 그녀와 그가 살고 있다, 다른 사람은 아무도 없다, 그녀는 생각한다, 이미 많은 세월을 그들은 거기에서 함께 살고 있다, 그와 그녀, 두 사람만, 그녀는 생각한다, 그런 다음 그녀는 비가 오는 것을 느낀다, 그녀는 밖에 서 있다, 빗속에, 어둠 속에, 그리고 바람이 불고 춥다, 그녀는 더 이상 여기 밖에 서 있을 수가 없다, 그녀는 생각한다, 하지만 그는 집에 돌아오지 않았다. 그는 어디에 있는 걸까? 그는 어디에 머물고 있는 걸까? 그는 자기 보트를 타고 피오르드에 나갔다, 하지만 그는 여전히 돌아오지 않았다, 그리고 그녀는 그를 걱정하고 있다, 그래도 그에겐 아무 일도 없겠지? 그녀는 생각한다, 그는 왜 집에 오지 않는 걸까? 그녀는 그 생각을 이토록 자주하고 있다, 그녀는 생각한다, 거의 매일 그녀는 그 생각을 한다, 그는 매일 자기 보트로 나가기 때문이다, 그는 그렇게 하고, 그녀는 대부분 그를 걱정하고, 그는 틀림없이 곧 돌아올 것이라 생각한다, 오늘은 뭔가 다른가? 그녀는 아는 게 별로 없다고 생각한다. 그래도 모든 건 평상시와 같다. 모든 건 평상시와 같다. 평범한 십일월 말의 화요일이고, 1979년이다. 그리고 그녀는 그녀다. 그리고 그는 그다. 하지만 어쩌면 그녀는 그럼에도 해안으로, 보트 창고로 내려가 봐야 할 것이다, 그럼에도 어쩌면 그를 찾아봐야 하지 않을까? 그녀는 생각한다. 그렇다, 그녀는 그렇게 해야 할 거라 생각한다. 잠시 바람을 쐬는 것도 좋다, 바람이 불고 비가 오지만, 그녀는 생각한다. 기분 전환이 될 것이다. 그녀는 늘 방에만 있을 수 없다. 너무도 안에만 들어앉아 있다. 그녀는 하루 종일 문밖에 나가는 일이 드물다. 그렇다, 그건 아니다. 그녀는 그래도 이따금 한 번쯤 나가야 한다. 그런데 그녀는 늘 너무도 불안하다, 내내! 그래, 그래, 하지만 피오르드에 내려갈 수 있어, 그녀는 생각한다, 왜 못해, 그녀는 생각한다, 그런데 그녀는 왜 그냥 여기에 서 있는 걸까? 나가고 싶으면 나가야 한다, 여기에 서 있을 수만은 없다, 그녀는 생각한다, 1979년 십일월 말, 화요일이다, 그리고 그녀는 그냥 여기에 서 있다, 그녀는 생각한다, 그리고 그녀는 집길을 내려간다, 그리고 조금 전에, 그녀는 그 길을 올라오는 그를 본 건 아니었나? 아니다, 그 사람이 그였을 리가 없다, 그녀는 아마도 상상했을 뿐이다, 그녀는 생각한다, 하지만 지금 그녀는 해안으로 내려가서 그를 찾아봐야 한다, 비가 온다, 바람이 분다, 그리고 지금은 너무 어둡다, 너무 어두워 어디를 딛어야 할지 거의 보이지도 않는다, 그리고 또 한 가지, 이 끔찍한 날씨, 거기에 더해 이 추위, 이런 날씨에 그는 왜 나가는 걸까? 그녀는 생각한다, 그는 왜 그러는 걸까? 아니다, 그녀는 이해할 수가 없다, 그는 왜 그녀와 함께 있으려 하지 않는 걸까? 그녀는 생각한다, 대신 그는 보트를 타고, 작은 보트를 타고, 작은 나룻배를 타고 나간다, 하지만 이제 그는 돌아와야 한다, 그녀는 생각한다, 그리고 그녀는 너무도 불안하다, 평소에 그는 이토록 오래 피오르드에 나가 있지 않기 때문이다, 이런 날씨에는, 그리고 지금처럼 이렇게 어두울 때면, 그리고 이렇게 추울 때면 그러지 않기 때문이다, 그녀는 그가 언젠가 이토록 오래 나가 있었던가 기억이 나지 않는다, 그리고 그는 왜 오지 않을까? 무슨 일인가? 그리고 아무 일도 일어나진 않았겠지? 그녀는 생각한다, 그리고 어쩌면 그는 결코 다시 돌아오지 않는 걸까? 아니다, 그런 생각을 해선 안 된다, 그녀는 생각한다, 그리고 지금 그녀는 해안으로 내려가야 한다, 그녀는 한동안 선착장에 가서 그를 찾아볼 수 있다, 그러면, 그녀가 거기 서 있으면 어쩌면 그가 더 빨리 돌아올지도 모른다, 그녀는 생각한다, 그녀는 이미 자주 그렇게 했기 때문이다, 그렇다, 그녀는 자주 내려가 보았다, 보트 창고로, 그리고 선착장으로, 그를 찾기 위해, 그녀는 이미 자주 선착장에 가 있어 보았고 그가 다시 육지로 오는 것을 기다린 적이 있었다, 그건 그녀에게 가장 자주 있었던 저녁 산책이다, 그녀는 생각한다, 그리고 그녀는 국도를 따라 길을 내려간다, 그리고 그녀는 한 여자가 소리치는 걸 듣는다, 어슬레, 어슬레, 그리고 그녀는 보트 창고의 모서리를 돌아간다, 그리고 그녀는 거기에 멈춰 선다, 그리고 거기 해안에서 그녀는 브리타의 길고 숱 많은 머리를 본다, 그리고 그녀는 다시 한번 브리타가 어슬레, 어슬레 소리치는 걸 듣는다, 그리고 그녀는 작은 보트를 본다, 약 50센티 거리, 거기 검은 파도 위에 예쁘고 작은 나룻배가 헤엄치는 걸 본다, 그리고 그녀는 피오르드에서 어슬레의 머리가 나오는 것을 본다, 그리고 그녀는 아이의 양손이 파도 속에서 허우적거리는 것을 본다, 그런 다음 그녀는 선착장 위를 뛰는 브리타를 본다, 그리고 어슬레의 머리가 물속으로 사라진다, 아이의 양손도, 어슬레가 완전히 물속으로 사라진다, 아이의 보트는 여전히 물 위에 떠 있다, 그리고 계속해서 피오르드로 나아간다, 브리타가 선착장에서 뛰어내려 헤엄치기 시작하고 보트는 파도

뒤로 사라진다, 브리타가 온 힘을 다해 헤엄친다, 그녀는 허우적거리며 파도와 맞서 싸운다, 파도는 그녀를 밀어내고, 그녀는 파도 속에서 소리 지른다, 어슬레, 어슬레! 그런 다음 어슬레의 머리가 다시 보인다, 아이가 파도 사이에서 떠오른다

어슬레! 브리타가 소리 지른다

그리고 그녀는 거기에 있는 모든 것, 피오르드와 산을 가득 채우는 브리타의 울부짖음을 듣는다, 어슬레는 대답하지 않는다, 커다란 파도가 와 어슬레 위로 몰아치고 아이의 보트를 뒤집어 버린다, 보트는 물결에 흔들리며 브리타 쪽으로 다가온다, 그리고 어슬레의 머리는 더 이상 보이지 않는다, 브리타가 아이의 머리를 잡고 놓지 않는다, 파도가 두 사람 위로 몰아치고 브리타의 나머지 한 손이 물을 젓기 시작한다, 한 손으로 물을 젓고 또 젓는다, 높은 파도가 브리타와 어슬레를 뭍으로 밀어내고 브리타의 발이 바닥에 닿는다, 파도가 그녀의 머리 위로 몰아치고 그녀는 어렵게 뭍으로 올라와 아이의 머리채를 잡고 끌어당긴다, 아이의 머리만 물 위로 나온다, 브리타는 물에서 빠져나오고 그녀의 검은 머리는 길게 늘어져 그녀의 얼굴을 덮는다, 이제 어슬레의 상체가 보인다, 브리타가 어슬레를 자기 쪽으로 끌어당기고, 한쪽 팔을 그의 무릎 아래에 끼고 다른 팔로는 아이의

허리를 감아 잡는다, 브리타는 어슬레를 안아 들고 물을 헤치며 해안으로 걸어 올라온다, 얼굴은 빗속에 내민 채, 어슬레를 안고, 그리고 아이의 두 팔은 늘어져 흔들리고, 브리타는 해변에 다다른다, 브리타는 보트 창고로 올라간다, 어슬레를 안고, 그리고 그녀는 어슬레를 안고 보트 창고 모퉁이를 돌아가는 브리타를 본다, 그런 다음 그녀는 어슬레의 보트가 예쁘게 물 위에 떠다니는 모습을 본다, 그리고 그녀는 서 있는 어슬레를 본다, 아이는 막대기를 들고 있다, 그리고 가느다란 끈이 막대기에서 보트로 연결되어 있다, 어슬레는 해변을 따라 걸으며 끈에 연결된 보트를 조심스럽게 끌고 있다, 보트가 반짝이며 가볍게 물 위를 미끄러진다, 아이가 보트를 미끄러지게 하던 움직임을 천천히 늦춘다, 그러자 보트는 조용히 멈추고 피오르드에서 아래위로 출렁인다, 어슬레가 막대기를 들어 올리자 보트는 천천히 원을 그린다, 그런 다음 보트는 해안 쪽으로 미끄러져 온다, 어슬레는 조금 뒤쪽으로 가서 두 개의 커다란 바위 사이에 꾸며 놓은 일종의 만 안으로 보트를 끌어들인다, 그리고 어슬레는 보트 안에 섭조개들을 싣는다, 조개를 하나씩, 보트에 가득 찰 때까지, 그런 다음 어슬레는 보트를 살짝 민다, 보트가 두 바위 사이의 만에서 빠져나간다, 그런 다음 아이는 막대기를 다시 들고 계속해서 해변을 따라 걷는다, 보트는 천천히,

그리고 계속해서 미끄러져 반짝거리며 조용한 물가 가장자리에 놓인다, 어슬레는 조용히 보트에 연결된 끈을 당긴다, 그런 다음 몸을 돌린다, 아이는 보트 창고 모서리를 돌아오는 크리스토페르를 본다

  오늘 무슨 화물을 싣고 가는 거니, 어슬레, 크리스토페르가 말한다

  물건을 싣고 베르겐으로 넘어가요, 어슬레가 말한다

  무슨 물건이야, 크리스토페르가 말한다

  뭐 여러 가지죠, 어슬레가 말한다

  말해 주지 않을 거니, 크리스토페르가 말한다

  음 아뇨, 어슬레가 말한다

  크리스토페르가 말한다, 그래 좋아, 영업 비밀은 잘 지켜야지, 그는 말하고 베르겐에 얼마나 머물 거냐고 묻는다

  며칠 정도요, 어슬레가 말한다

  그래, 도시에 한 번 가면, 그 정도는, 크리스토페르가 말한다

  가는 데만 하루 종일 걸려요, 어슬레가 말한다

  그렇지, 크리스토페르가 말한다

  그리고 크리스토페르는 선착장으로 가 자기 보트를 끌어당긴다

  배 타고 나가려는 건가요, 어슬레가 말한다

잠깐 낚시하러, 이제 뭐 좀 먹을 게 필요해, 크리스토페르가 말한다
같이 가도 되나요, 어슬레가 말한다
좋지, 크리스토페르가 말한다
아, 아녜요, 안 갈래요, 어슬레가 말한다
시간이 없거든요, 그가 말한다
그래, 이해해, 크리스토페르가 말한다
배에 짐이 많고 베르겐에 가야 하니까
그런 거였지, 그렇지, 그가 말한다
나중에 한 번 같이 갈게요, 어슬레가 말한다
그러니까 지금 베르겐으로 가는 거구나, 그렇지, 크리스토페르가 말한다
예, 그러려고요, 어슬레가 말한다
크리스토페르의 배가 선착장에 닿아 있다, 크리스토페르는 배에 올라 닻줄을 풀고 노 젓는 자리에 앉아 노를 끼우고 노를 저어 만을 빠져나간다, 그러다가 앉아서 노를 걸어 둔 채 멈춘다
베르겐에서 돌아오면 만나자, 크리스토페르가 말한다
그렇게 해요, 어슬레가 말한다
뭐 맛있는 거 가져올 거지, 크리스토페르가 말한다
예, 두고 봐요, 어슬레가 말한다

크리스토페르는 노를 잡고 피오르드로 나간다, 그리고 어슬레는 계속해서 해변을 따라 걷는다, 그의 보트는 아름답게 물 위를 미끄러지고 크리스토페르는 힘차게 노를 젓는다, 그리고 그의 보트가 길게 이어진 육지의 끝 너머로 사라진다, 물결이 일고 어슬레의 보트가 작은 파도에 이리저리 흔들린다, 어슬레가 막대기를 들어 올린다, 아이의 보트는 앞쪽에서 물 위로 솟구치다가 뒤쪽으로 잠겨 든다, 조개들이 뒤쪽으로 미끄러져 물속으로 떨어진다, 어슬레는 막대기를 강하게 잡아챈다, 그러자 끈이 풀리고 보트가 떠내려간다, 어슬레는 막대기로 보트를 잡으려 애쓴다, 아이는 거의 성공해서 보트를 잡고 조심스럽게 보트를 뭍으로 가까이 끌어당기려 한다, 아이는 막대기에 조금 힘을 준다, 그러자 막대기가 미끄러지고 보트는 빠르게 옆쪽으로 미끄러져 멀어진다, 어슬레는 막대기를 던져 버리고 돌을 집어 던진다, 돌이 보트 바로 앞에 떨어지고, 돌이 일으킨 물결이 보트를 뭍에서 더 멀리 떠내려 가게 만든다, 어슬레는 돌을 또 집어 든다, 아이가 돌을 던진다, 이번에는 돌이 보트 옆면에 맞는다, 보트가 뭍으로 가까이 다가온다, 어슬레는 막대기를 집어 들고 그것으로 보트를 잡는다, 그리고 그는 보트를 뭍으로 가져온다. 그리고 어슬레는 보트를 물에서 꺼낸다. 그리고 어슬레는 거기에 서서, 두 손으로 보트를 들고, 보트를 들여다본다, 그런 다음 그는 보트를 다시 물에 띄운다, 보트는 두 개의 바위 사이 작은 만에 떠 있다, 어슬레는 나뭇가지 몇 개를 주워 모아 거기 있던 작은 나뭇가지를 조각 내 보트에 가지런히 싣는다, 그런 다음 어슬레는 보트를 살짝 밀어낸다, 보트는 예쁘게 물 위를 미끄러지고, 어슬레는 작은 돌을 집어 보트 뒤에 던진다, 돌이 만들어 낸 물결이 보트를 조금 더 밀어낸다, 보트가 아래위로 흔들린다, 어슬레는 돌 몇 개를 더 주워 하나씩 하나씩 보트 뒤에 던진다, 보트는 계속해서 피오르드로 미끄러져 나간다, 그리고 보트는 곧 만에서 상당히 벗어나 천천히 계속해서 피오르드로 미끄러져 나간다, 그리고 어슬레는 꽤 크고 상당히 무거운 돌을 집어 든다, 아이는 돌을 단단히 잡고 들어 올린다, 그리고 돌을 해안가로 옮긴다, 그런 다음 아이는 돌을 한 손에 들고 그것을 머리 위로 올리려고 한다, 하지만 그렇게 하지 못한다, 그래서 아이는 두 손으로 돌의 양옆을 잡고, 할 수 있는 한 그것을 던진다, 아이가 돌을 던지지만 돌은 물가에서 멀리 떨어지지 않은 곳에 철썩 떨어진다, 돌은 해안 쪽으로, 그리고 보트 쪽으로 넓게 퍼지는 큰 물결을 만들어 낸다, 보트는 빠르게 만에서 미끄러져 빠져나가고, 어슬레는 보트가 계속해서 피오르드로 멀리 미끄러져 나가는 모습을 본다, 날씨가 갑작스레 돌변하는 듯 보인다, 어두워지고 바람이 불어온다, 비가 오기 시작한다, 물결이 치고 보트는 아래위로 흔들린다, 계속해서 피오르드로 보트는 멀리 나아간다, 그러자 어슬레는 나막신을 발에서 벗어 던지고 바지 단추를 풀고 벗어 버린다, 그런 다음 아이는 물속으로 들어간다, 아이는 무릎까지 오는 물속에 서 있다, 아이가 휘청할 정도로 파도가 오고 간다, 이제 보트는 저 멀리 있고 아이는 보트를 바라본다, 그리고 그녀는 해안에 서 있는 자신의 모습, 그리고 어슬레가 걸어 나가는 모습을 본다, 그리고 그녀는 아이가 물속으로 빠져 들어가는 모습을 본다, 그리고 그녀는 생각한다, 지금 당장 아이가 물에서 나와야 해, 그리고 그녀는 보트 선착장으로 간다, 아무것도 보이지 않을 만큼 어둡다, 지금 당장 나와야 해, 그녀는 생각한다, 그리고 이 바람, 그리고 이 어둠, 그리고 파도, 높은 물결, 그리고 너무 춥다, 파도가 높아 그녀가 있는 곳까지 선착장이 씻겨 나간다, 끔찍한 날씨야, 그녀는 생각한다, 하지만 그는 지금 당장 와야 해, 그녀는 생각한다, 그런데 저기 바깥? 저건 무슨 불빛 아닌가? 마치 불이 타오르는 것 같은데, 피오르드 한가운데? 보랏빛 불, 아닌가? 아니, 그럴 리가 없지, 하지만 그래도 불이 있잖아, 그녀는 생각한다, 그런데 그는 어디 있지? 그리고 그의 보트는? 아무것도 보이지 않는다, 하지만 그는 어디에 있지? 그런데 그는 왜 오지 않나? 그는 그녀와 함께 있기 싫은 걸까? 그 때문인가? 이런 날씨에, 이런 어둠 속에, 누군가는 피오르드에 나가 있고 싶어 한다는 걸 상상할 수도 있겠지만, 아니다, 그녀는 이해할 수가 없다, 그녀는 생각한다, 그리고 피오르드를 건너다보려고 한다, 하지만 그녀는 아무것도 인식할 수 없다, 하지만 그는 지금 당장 와야 해, 그녀는 생각한다, 이런 날씨에 그가 피오르드에 있을 수는 없어, 이런 어둠에, 이런 날씨에, 그런 작은 보트를 타고, 그런 작은 나룻배를 타고, 그녀는 생각한다. 그리고 너무 어둡다. 그리고 너무 춥다. 그리고 그녀는 여기에 서 있을 수 있는 건가? 하지만 그는 왜 오지 않나? 그리고 그녀는 예전에도 이런 날씨에, 이렇게 늦은 저녁에 밖에 나가 있었는지 기억할 수 있는 걸까? 그녀는 생각한다, 아니다, 그녀가 알고 있는 한, 기억나지 않는다, 아니다, 그렇지 않은가? 아니다, 그렇지 않다, 분명 아니다, 그녀는 생각한다, 그리고 그녀는 그렇게 그냥 서 있을 수는 없다, 그녀는 생각한다, 몸이 얼어 오기 때문에, 춥다, 그를 불러 볼까? 아니다, 소용없다, 그래도 그를 불러 볼 수는 없는 걸까? 그래도 소용없을 것이다, 여기 어둠 속에 서서 불러 본다는 건, 그녀는 생각한다, 그렇다면 어떻게 해야 하나? 그래도 누군가는 그를 찾아야 한다, 그렇다! 누군가는 그를 찾아내야 한다! 하지만 누가? 그녀는 커다란 서치라이트가 달린 큰 배를 가진 누군가를 데려와야 한다, 그 사람이 피오르드에 나가서 그를 찾아야 한다, 그녀는 생각한다, 하지만 누구를? 아는 사람이 있나? 아니다, 그렇게 해 줄 수 있는 사람을 그녀는 아무도 알지 못한다, 그녀는 생각한다, 그래서 그녀는 여기에 서 있어야 한다, 서 있어야 한다, 그녀는 서 있어야 한다, 그리고 기다려야 한다, 그녀는 생각한다, 그리고 그 말고는? 불러 봐야 하나? 큰 배를 가진 누군가를 데려와야 하나? 서치라이트가 달린 큰 배를 가진? 아니면 기다려야 하나? 여기에 서서 기다려야 하나? 아니면 집에 가서 기다린다? 그냥 다시 집에 가서 기다려야 하나? 여기 더 오래 서 있을 수는 없으니까, 그리고 분명 그가 곧 돌아올 테니까, 분명 그는 더 오래 머물지 않을 테니까, 그녀는 생각한다, 그리고 선착장을 넘어 돌아간다, 그리고 그녀는 멈춰 선다, 저기, 저기 해안에, 거기에 불이 타오르고 있다, 성요한제 전야의 불이란 말인가? 그리고 거기 불가에 남자아이 둘이 서 있는 건 아닌가? 그렇다, 남자아이 둘이다, 분명하다, 그리고 저 애들이 이웃집 남자아이들 아닌가? 그녀는 생각한다, 그렇다, 그 애들이다, 그런데 불은? 이 계절에 뭐지? 이 날씨에? 아니다, 저게 어떻게 가능할까? 그녀는 생각한다, 이 날씨에 불을 붙일 수는 없다, 이런 저녁에 불을 붙일 사람은 없을 것이다, 하지만 해변에 불이 타오르고 있다, 그리고 열 살,

열두 살짜리 남자아이 둘이 그 옆에 서서 불을 들여다보고 있다, 그리고 불타고 있는 건 보트 같은 것, 나룻배 같은 것이 아닌가? 그가 갖고 있는 그런 보트 아닌가? 그녀는 생각한다, 아니다, 그래도 그건 독특한 데가 있는데, 그녀는 생각한다, 그리고 그녀는 보트에서 불꽃이 높이 날아오르는 모습을 본다, 보트의 여러 부분에서 동시에 불이 타오르고 있다, 그리고 불은 보트 형태고 남자아이 둘이 그 옆에 서서 불꽃을 응시한다, 저게 무엇이란 말인가? 그녀는 생각한다, 아니다, 그녀는 이해할 수가 없다, 그럴 리가 없어, 그녀는 생각한다, 그리고 그녀는 여기 선착장에 서 있을 수가 없다, 춥다, 이 비에, 이 바람에 그녀는 얼어붙는 것 같다, 하지만 그는, 그가 곧 오지 않을까? 그는 어디에 머물고 있는 걸까? 그녀는 생각한다, 그리고 거기 해변에서 타오르고 있는 이상한 불 쪽으로 걸어간다, 두 남자아이가 서서 타오르는 보트를 바라보고 있다, 아니다, 지금 저게 뭐지? 그녀는 생각한다, 지금, 이 계절에, 도대체 어떻게? 그녀는 생각한다, 그리고 그녀는 보트 창고의 모퉁이를 돌아 오솔길을 걸어 올라간다, 이제 비와 바람은 더욱 강해졌고 어둠도 마찬가지로 짙어져 그녀는 발을 어디로 내딛을지 볼 수가 없다, 그녀는 이제 물기가 없는 곳으로 가야겠다 생각한다, 이제 그녀는 저 위 자신의 오래된 집으로 가서 난로를 살펴야 한다,

난로가 꺼지면 안 된다, 그가 젖은 채로 얼어서 피오르드로 부터 돌아오면 집 안은, 저 위 그들의 오래된 집은, 그들이 살고 있는, 그들이 오래전부터 살고 있는 그들의 오래된 집, 아름답고 오래된 방은 따뜻해야 한다, 그녀는 생각한다, 이제 그녀는 집에 가야 한다, 그리고 불을 피워야 한다, 그녀는 생각한다, 그리고 그녀는 집길을 올라간다, 그리고 그녀는 멈춰 선다, 그리고 그녀는 몸을 돌린다, 그녀가 자기 뒤쪽에서 무슨 소리를 들은 건 아닌가? 발소리? 그녀는 무엇인가 소리를 들었다, 그녀는 생각한다, 그리고 그녀는 해안쪽을 내려다본다, 그리고 거기에는 여전히 불이 타오르고 있다, 하지만 불은 조금 전만큼 그렇게 크지는 않다, 불은 단지 작은 나뭇가지가 타는 정도의 크기다, 불은 약하게 타고 있다, 그리고 지금, 이 어두운 저녁에, 이 비에, 이 바람에, 저기 아래 해변에 불이 타고 있다, 그녀는 생각한다, 그리고 그녀는 불이 꺼지고 모든 게 어두워지는 모습을 본다, 그런 다음 몇 개의 불꽃이 활활 타오르다가 다시 어두워진다, 그런 다음 불꽃 하나가 다시 활활 타오른다, 하지만 지금은 훨씬 약하다, 그러다가 다시 어두워지고, 그런 다음 다시 한번 불꽃 하나가 타오른다, 하지만 그것은 너무 작아 잠깐만 보일 뿐이다, 그런 다음 어둡다. 어둠만 있을 뿐. 비만 내릴 뿐. 그리고 바람뿐. 하지만 이제 그녀는 물기가 없는 곳으로 가야 한다 생각한다, 그리고 그녀가 살고 있는 오래된 집 모퉁이를 돌아간다, 그리고 자신의 앞, 앞마당에서 그녀는 파란 외투를 입은 나이 든 여자가 걸어가는 모습을 본다, 그 여자는 머리에 그가 늘 쓰고 다니던 연노랑 털모자를 쓰고 있다, 나이 든 여자는 지팡이에 몸을 의지하고 있다, 그 여자가 천천히 걸어온다, 그리고 그 여자는 손에 빨간 장 주머니를 들고 있다, 그리고 그녀는 그 나이 든 여자 옆에 작은 사내아이가 걷고 있는 모습을 본다, 그 아이도 장 주머니의 손잡이를 쥐고 있다, 그리고 이제 그녀는 그 아이가 어렸을 적의 그라는 것을 알아본다, 그가 저기 가고 있다, 그녀는 생각한다, 그리고 그녀는 그 나이 든 여자가 구부러진 손가락 두 개로 아이의 작은 손을 겹쳐 잡고 있는 모습을 본다, 그리고 나이 든 여자와 아이는 집 현관 앞 발판에 다다른다, 그리고 여자는 지팡이를 벽에 세우고 나서 현관을 연다

집 안엔 아무것도 들어온 게 없이 깨끗하네, 우리 둘뿐이로구나, 어슬레와 할머니, 할머니가 말한다

예, 아무것도 없이 깨끗해요, 어슬레가 말한다

넌 착한 아이야, 날 이렇게 많이 도와주니, 할머니가 말한다

울라브 할아버지가 돌아가신 다음부터는 네가 제일 많이

도와준단다, 그 여자가 말한다

그리고 그녀는 할머니가 집으로 들어가고 아이가 할머니를 따라 들어가는 모습을 본다, 그리고 그녀는 생각한다, 아냐, 여기 밖에 추위 속에 그냥 서 있을 수는 없어, 지금 다른 누군가가 그녀가 살고 있는 그녀의 오래된 집에 들어갔지만, 그건 그녀의 집이다, 그녀와 그, 둘이 거기 살고 있다, 그녀는 생각한다, 그리고 그가 지금 막 들어갔다, 그리고 그 나이 든 여자, 그 여자는 그의 할머니다, 그녀는 생각한다, 그러면, 그래, 그렇다면 나도 들어갈 수 있는 건가? 그녀는 생각한다, 그녀는 그냥 들어가야 할 것이다, 그녀 또한, 여기 밖은 비가 너무 심하고, 바람도 너무 심하다, 그리고 춥다, 그녀도 들어가야 한다, 그녀는 생각한다, 하지만 다른 누군가가 거기 사는데 그 오래된 집으로 들어갈 수 있나, 그녀는 생각한다, 하지만 그녀 자신도 거기 산다, 그들 두 사람이 거기 살고 있다, 그녀와 그, 싱네와 어슬레, 그녀는 그냥 조용히 들어갈 수 있다, 그녀는 생각한다, 그리고 그녀는 들어간다, 현관에서 그녀는 할머니가 서 있는 것을 그리고 연노랑 모자를 벗는 것을 본다, 할머니는 모자를 선반에 놓고 외투 단추를 풀고 외투를 옷걸이에 건다

현관문을 닫아야지, 어슬레, 집에서 온기가 나가지 않게, 할머니가 말한다

바깥은 정말이지 너무 미끄러워서 문밖에 나가는 건 네 할머니처럼 늙은 사람들에겐 정말 위험하지, 그 여자가 말한다

하지만 네겐, 네겐 위험하지 않지, 넌 어리니까, 어슬레, 그 여자가 말한다

맞아요, 나한텐 안 위험해요, 어슬레가 말한다

너한텐 안 위험하지, 그래, 넌 어려, 할머니가 말한다

그리고 그녀는 할머니가 빨간 장 주머니를 드는 모습을, 그리고 부엌으로 난 문을 열고 들어가는 모습을 본다, 그리고 그녀는 그가 할머니 뒤를 따라 들어가 문을 등 뒤에서 닫는 모습을 본다, 그리고 그녀는 생각한다, 이제 들어가 나무를 더 넣어야 한다, 그가 돌아오면 따뜻해야 하니까, 그녀는 들어가서 불을 지펴야 한다, 그녀는 생각한다, 난로가 꺼져서는 안 된다, 그가 피오르드에서 집으로 돌아오면 방 안은 아늑하게 따뜻해야 한다, 이렇게 바람이 분다, 이렇게 비가 온다, 밖은 이렇게 어둡다, 그리고 이렇게 춥다, 그가 집에 오면, 이 오래된 집의 방 안은 아늑하게 따뜻하고, 편안해야 한다, 그녀는 생각한다, 그녀는 우비를 벗는다, 그리고 먼저 할머니가 자기 외투를 걸었던 옷걸이에 우비를 건다, 그녀는 할머니의 외투 위에 자기 우비를 건다, 그런 다음 그녀는 방문으로 가 문을 연다, 그리고 들어간다, 그리고 그녀는 거

기 의자에 누워 있는 자신을, 그리고 방으로 들어가는 자기 자신을, 그리고 몸을 돌리고 문을 닫는 자신을 본다, 그리고 그녀는 나무 상자로 가서 장작 몇 개를 꺼내 드는 자신을 본다, 그리고 그녀는 허리를 굽히고 난로 안에 장작을 집어넣는 자신의 모습을 본다, 그리고 그녀는 몸을 일으키고 거기 서서 불꽃을 들여다보고 있는 자신의 모습을 본다, 그리고 그녀는 자기가 거기 와 있고, 난로가 꺼지지 않은 것이, 난로가 여전히 타고 있는 것이 좋다고 생각한다, 그가 지금 온다 해도 여기 안은 춥지 않을 것이다, 그녀는 생각한다, 그리고 그녀는 부엌문이 열리는 것을 본다, 구운 베이컨 냄새가 방 안으로 밀려들어 온다, 그리고 그녀는 그가 부엌에서 나오는 것을 본다, 그리고 곧바로 그의 뒤를 따라 할머니가 온다

어서 앉아라, 음식이 다 됐다, 할머니가 말한다

고마워요, 할머니, 어슬레가 말한다

착하구나, 어슬레, 할머니가 말한다

할머니가 좋아요, 할머니도 절 사랑하고, 어슬레가 말한다

그리고 그녀는 식탁으로 가는 그를 본다, 그가 식탁 상단에 앉는다. 그리고 그녀는 거기에 앉아서 다리를 흔들어 대는 그를 본다, 할머니가 다시 부엌에 들어가고 그는 거기 앉

아서 다리를 흔들고 있다, 할머니가 구운 베이컨, 달걀 프라이, 볶은 감자와 양파가 가득 든 접시를 들고 온다, 할머니는 다른 손에 우유가 담긴 큰 컵을 들고 있다

자, 이제 제대로 좀 먹어야지, 할머니가 말한다, 그리고 할머니는 접시와 컵을 그의 앞에 놓는다, 그리고 그가 먹기 시작한다, 할머니는 식탁의 다른 쪽 끝에 앉는다, 그리고 그녀는 의자에 누워 있는 자신을, 서서 난롯불을 들여다보고 있는 자신을 본다, 그런 다음 그녀는 창가로 가 밖을 내다보는 자신을 본다, 그리고 그녀는 창가에 서 있는 자신을 본다, 그리고 방문 쪽을 본다, 문이 열린다, 그리고 그녀는 거기에 브리타가 서 있는 모습을, 그리고 문이 열려 있는 모습을 본다, 그리고 그녀는 그녀의 머리가 뻣뻣하게 얼굴을 덮고 있는 것을 본다, 그리고 그녀는 문에 서 있는 크리스토페르를 본다, 그는 밝은색 나무로 만든 작은 관을 안고 있다, 그리고 그가 방에 들어온다

이제 준비가 됐어, 크리스토페르가 말한다

그래, 이제 우리 작별해야지, 브리타가 말한다

그래야지, 크리스토페르가 말한다

그리고 그녀는 방문을 닫는 브리타를 본다, 그리고 브리타는 현관문을 열고 거기 서 있다, 그녀는 현관문을 열어 두고 있다, 그리고 그녀는 현관 밖에 서 있는 나이 든 알레스

를 본다, 주름 진 그녀의 얼굴에 눈물이 흐른다, 그리고 그녀는 작은 관을 안고 문을 나가는 크리스토페르를 본다, 그리고 브리타가 나가면서 등 뒤로 문을 닫는다, 그리고 그녀는 이자에 누워 있는 자신의 모습을, 의자로 가서 의자에 눕는 자신의 모습을 본다, 그리고 두 손을 스웨터 안으로 넣어 가슴 위에 얹는 자신의 모습을 본다, 그녀는 거기에 누워 있다, 두 손을 가슴에 얹고, 그런 다음 그녀는 한 손으로 치마를 끌어올린다, 그리고 그녀는 그 손을 다리 사이에 놓는다, 그 손을 그곳에 그대로 놔둔다, 그리고 그녀는 식탁 쪽을 본다, 그리고 그가 일어서는 것을 본다

감사히 잘 먹었어요, 할머니, 어슬레가 말한다

뭘, 할머니가 말한다

할머니가 일어서서 그의 접시를 든다, 그리고 그는 빈 컵을 든다

정말 맛있었어요, 어슬레가 말한다

고맙구나, 할머니가 말한다

할머니가 부엌으로 들어가고 그는 할머니 뒤를 따라간다, 그리고 그는 등 뒤로 문을 닫는다, 그리고 두 사람은 사라졌다, 영원히 사라졌다, 그녀는 생각한다, 거기 의자에 누워 있는 자신의 모습을, 그리고 그녀는 생각한다, 오늘, 오늘은 분명 화요일이다, 삼월이다, 그리고 2002년이다, 그녀는 생

각한다, 그리고 그녀는 방문을 바라본다, 문이 열리고, 그가 거기 서 있다

  당신 바로 안 잘 거야, 그가 말한다

  침대를 따뜻하게 해 놓았는데, 그가 말한다

  그리고 그는 검고 긴 머리를 귀 뒤로 넘긴다, 그리고 그는 그녀를 바라본다

  이제 자, 그가 말한다

  그리고 그녀는 그를 바라본다, 그녀는 그에게서 눈을 떼고 허공을 바라본다, 그리고 그녀는 양손을 배로 가져간다, 그리고 그녀는 양손을 모은다, 그리고 나는 싱네가 말하는 걸 듣는다

  하나님, 저를 도우소서

해 설

　포세의 소설 ≪저 사람은 알레스(Det er Ales)≫는 2003년 "Das ist Alise"라는 제목으로 독일어본이 먼저 출간된 후, 2004년에 노르웨이에서 출간되었다. 이 소설은 1999년에 쓰인 희곡 <어느 여름날>을 연상시킨다. 어느 피오르드 해안과 그곳에 위치한 오래된 외딴집, 둘만의 생활을 위해 도시에서 그곳으로 들어온 남녀, 어느 날 갑자기 사라져 버린 남자와 여전히 그를 기다리는 여자, 그리고 여자의 회상, 이 같은 공간과 인물, 사건은 두 작품에서 일치하거나 유사하다. 사라진 남자의 이름이 모두 어슬레인 것도 두 작품이 연결되어 있음을 시사한다. 과거의 시간은 <어느 여름날>에서 나이 든 여자와 젊은 시절의 그 여자가 같은 공간에 공존해 현재화되고 ≪저 사람은 알레스≫에서는 여자의 생각과 회상 속에서 현재화되어 두 작품 모두 과거와 현재가 교차하고 그 경계가 사라지는 동일한 시간 구조를 갖는다. 이 같은 기본 틀을 바탕으로 ≪저 사람은 알레스≫는 <어느 여름날>에 등장하는 남자인 어슬레에 대한 보다 세밀한 여자의 회상으로 읽힌다.

"나는 방의 그곳 의자에 누워 있는 싱네를 본다"

≪저 사람은 알레스≫는 1인칭 화자인 "나"의 이 같은 서술로 시작한다. 소설은 "나"가 들려주는 이야기지만 계속 반복되는 "그녀는 생각한다"로 이어지는 서술로 인해 독자는 화자가 아닌 그녀, 싱네가 들려주는 이야기로 읽게 된다. 그리고 중간중간 삽입되는 "그는 생각한다"로 이어지는 서술로 독자는 싱네의 남편, 어슬레의 이야기를 듣는다. 다시 말해 독자는 싱네와 어슬레, 두 인물의 내면에서 이루어지는 깊은 의식의 흐름을 따라간다. 텍스트는 마침표 없이 쉼표로만 이루어진, 또 "그리고"로 계속 이어지는 문장의 사슬로, 소설은 끊어지지 않는 의식의 흐름 자체다.

화자가 서술하는 싱네의 회상은 2002년 3월, 어느 목요일의 일이다. 싱네는 1979년 11월 말, 어느 화요일에 사라진 남편 어슬레를 대략 23년의 세월이 흐른 시점에서 회상한다. 남편이 사라진 뒤에도 싱네는 여전히 남편과 함께 살았던 피오르드 해변의 오래된 집, 100년 이상 된 그 집에 살고 있다. 어슬레는 부모, 형제들과 그 집에 살았고, 이후에 그 집에서 싱네와 20년간 결혼 생활을 했다. 싱네의 회상은 처음에 보트를 타고 피오르드 바다에 나가길 좋아했던 남편 그리고 그가 사라지기 직전의 시간으로 이어진다. 어슬레는 늘 창가에 서서 어둠뿐인 밖을 바라본다. 그녀는 그가 왜 그러는지 의문이지만 이유를 알지 못한다. 특별하지 않은 대화가 있었다. 어슬레는 늘 그랬듯 보트를 타고 "잠깐 피오르드에 나가 보려" 한다는 것, 그걸 좋아한다는 것, 그리고 바람이 너무 심하고 어두운 날씨에 보트도 작아 위험할 것 같다는 싱네의 걱정, 이 같은 평범한 대화가 있었다. 그리고 싱네는 지금 이미 사라진 남편이 여전히 곁에 있음을 느낀다. 그녀는 집에서 해안으로 이어지는 길을 내려가는 남편의 모습을 본다. 그리고 이제는 나이가 들어 머리까지 센 자신의 늙은 모습을 인식한다. 싱네 또한 남편 어슬레가 그랬듯 늘 창가에 서 있다. 창은 밖의 어둠과 안의 밝음을 구분하는 경계다. 밝은 창 안쪽에는 싱네의 현재가 존재하지만 그녀의 의식, 그녀의 과거는 창을 넘어 어둠 속에서 움직인다.

화자의 서술은 "그리고 그가 생각한다"로 남편, 어슬레의 생각으로 옮겨 간다. 1979년 11월 말, 어느 화요일, 어슬레는 나쁜 날씨 때문에 산책만 해야겠다 생각하며 국도를 걷는다. 그는 저 멀리 아래, 해안에서 타오르고 있는 불꽃을 발견한다. 그리고 다른 한편으로 그는 할아버지 울라브와 할머니를 회상한다. 노란 모자를 쓰고 지팡이를 짚고 있던 할머니, 무엇인가 무겁게 물건을 사 들고 오던 할머니, 무거워 보이는 그 장 주머니를 함께 들고 집으로 올라오던 어린 시절 자신의 모습에 대한 기억, 그리고 집으로 올라오는 현재 자신의 모습과 해안의 불꽃에 대한 인식으로 그의 의식은 먼 과거와 1979년 11월 말, 어느 화요일 현재를 넘나든다. 어슬레의 의식은 여기서 더 먼 과거로 거슬러 올라간다. 그는 작은 사내아이를 안고 있는, 20대 초반의 한 여자를 본다. 그는 생각한다. "저 사람은 알레스", 그녀는 어슬레의 고조할머니이며 그녀가 안고 있는 사내아이는 그의 증조할아버지 크리스토페르다. 크리스토페르에겐 올라브와 어슬레, 두 아들이 있었다. 화자가 서술하는 싱네의 남편, 어슬레는 그의 할아버지 올라브의 형인 어슬레의 이름을 그대로 물려받았다. 올라브의 형, 어슬레는 일곱 살이 되던 생일에 선물로 받은 장난감 보트를 가지고 바닷가에서 놀다 익사했다. 싱네의 남편 어슬레의 의식에 현재화되고 있는 과거 장면은 알레스가 양머리를 막대기에 꽂아 불에 그슬린 후 물에 집어넣는 모습과 그 작업 중에 크리스토페르가 신기한 듯 양머리를 건드려 보는 장면, 그리고 크리스토페르가 바다에 빠지고 그를 건져 올린 알레스가 그를 안고 서둘러 집으로 향하는 광경이다. 싱네가 남편 어슬레의 기억을 이어받는다. 그녀가 보고 있는 것은 아이를 물에서 건져 집으로 돌아온 알레스가 아이의 체온을 올리기 위해 부지런히 애쓰는 모습이다. 싱네는 아이를 끌어안고 등을 쓸어 준다. 지금 아이로 현재화한 남편의 증조할아버지가 싱네와 만난다. 이렇게 먼 과거는 현재와 연결되고 죽음과 관련된 기억이 이어진다.

남편이 사라진 1979년 11월 말, 어느 화요일로 다시 전환되는 싱네의 회상, 서로에게 매달리듯 너무도 밀접했던 남편과의 관계, 여전히 남편을 기다리는 자신과 변한 게 없는 현재에 대한 그녀의 인식, 그리고 남편 어슬레의 생각으로 묘사되는 장면, 즉 그가 결국 보트를 타고 바다로 나가는 장면이 이어진다. 서술은 다시 싱네의 생각으로 바뀐다. 창가에 서서 돌아오지 않는 남편 어슬레를 찾아 나가 봐야 할지 망설이는 싱네의 눈에 보이는 것은 크리스토페르와 그의 아내 브리타, 아들 어슬레의 모습이다. 1897년 11월 17일, 일곱 살 생일을 맞은 아들 어슬레에게 장남감 보트를 선물하는 크리스토페르, 익사한 어슬레를 안고 오는 브리타를 향해 뛰어오는 크리스토페르, 아들의 죽음 앞에 선 브리타와 크리스토페르, 그리고 그들처럼 그렇게 죽음을 바라보고 서 있는 늙은 알레스의 모습이 동시에 보인다. 이 소설의 제목에 등장하는 "알레스"에게는 특별한 역할이 부여되지 않은 것으로 보이지만 알레스로부터 생겨나는 그림은 이 소설 전반을 흐르고 있는 죽음이란 주제와 관련되어 있다. 일견 그녀의 모습은 한 죽음을 대면하고 있는 평범한 한 인간의 모습이다. 아무 말 없이 손자의 죽음 앞에 선 할머니, 그 침묵의 순간은 죽음에 관한 다양한 사유의 순간으로 자리한다. 이 모습 이전, 한순간 거의 죽음에 직면했던 크리스토페르를 필사적으로 살려 내던 알레스를 다시 생각한다면 그녀는 죽음과 삶을 연결해 생각하도록 만드는 일종의 매개체와 같다. 더욱이 알레스는 이 소설의 중심인물인 싱네와 그녀의 남편 어슬레가 공유하는 기억의 대상이다. 이렇게 볼 때 알레스는 싱네와 남편 어슬레의 의식 속에서 이루어지는 과거와 과거의 현재화 자체에 대한 상징성을 지닌다.

싱네에겐 어린 시절의 남편 어슬레와 브리타가 안고 있는 죽은 어슬레의 모습이 겹친다. 두 사람의 죽음이 겹친다. 싱네의 생각은 여전히 1979년 11월, 남편 어슬레가 사라진 날에 머물러 있으나 익사하는 어슬레와 겹쳐 있다. 물에 빠진 어슬레를 필사적으로 끌어내는 브리타의 모습에 이어 싱네의 생각은 다시 어슬레가 익사하기 전 시간으로 거슬러 올라간다. 어슬레가 보트를 가지고 노는 모습, 아빠인 크리스토페르와 다정하게 이야기를 나누는 모습이 싱네의 생각 속에서 재현된다. 싱네가 외친다. "지금 나와야 해." 이 외침은 물에 빠져 들어가는 어슬레와 보트를 타고 바다에 나가 있는 남편 어슬레에게 동시에 향하는 것으로 들린다. 싱네의 생각은 더욱 과거로 돌아간다. 장을 보고 온 할머니와 함께 걷고 있는 어린 시절의 남편 어슬레, 집에 돌아와 할머니가 해 준 음식을 먹는 어린 시절의 남편 어슬레, 그리고 여전히 창가에 서 있는 싱네 자신의 모습이 겹친다. 다시 작은 관을 안고 있는 크리스토페르와 어린 아들과의 작별을 준비하는 브리타, 할머니가 차려 준 음식을 맛있게 먹는 어릴 적 남편 어슬레의 모습이 동시에 교차한다. 2002년 3월, 어느 목요일, 싱네는 문이 열리고 거기 서 있는 남편의 모습을 본다. 남편 어슬레는 예전과 다름없이 싱네를 바라보고 있다. 남편은 여전히 돌아오지 않고 있으나 싱네의 눈앞엔 남편이 존재한다. "이제 자", 싱네에겐 남편 어슬레의 따뜻한 말이 들리고, 화자인 "나"에겐 싱네의 마지막 말이 들린다. "하나님, 저를 도우소서".

포세의 텍스트 대부분이 그렇듯 ≪저 사람은 알레스≫에서도 특별한 사건은 존재하지 않는다. 어느 날 싱네의 남편 어슬레가 갑자기 사라진 일, 그와 이름이 같은, 그의 큰할아버지 어슬레의 익사 정도가 소설 속 사건이라 할 수 있으나 이는 싱네의 내면에 자리하는 의식과 기억으로 드러날 뿐이다. 싱네의 남편 어슬레가 왜 사라졌는지도 불확실하다. 돌아오지 않는 그가 죽었는지도 알 수 없다. 가시적으로 남아 있는 것은 싱네와 어슬레가 함께 살았던 오래된 집과 변하지 않은 오래된 물건들, 그리고 여전한 피오르드의 자연뿐이다. 사라진 남편에 대한 싱네의 생각, 그리고 여기에 이어지거나 전환되는 형식으로 서술되는 남편 어슬레의 생각은 보이지 않는 내면의 의식으로 남아 있다. 또한 특이하게도 싱네의 내면에 남아 있는 것은 증조부모에게로 이어지는 남편의 가계에서 일어난 일들이다. 독자는 화자가 서술하는 싱네와 남편 어슬레의 내면에 흐르는 의식을 따라가게 될 뿐이다. 그 의식의 흐름 속에서 독자는 상실의 경험, 외로움, 불안, 사랑과 그리움, 자유에 대한 갈망, 존재의 근원, 죽음 등 늘 삶에서 만나게 되는 깊은 사유의 대상을 다시 만난다. 이러한 것들에 대한 생각은 우리의 내면에 늘 존재하지만 명확한 답이 없는 것들이고, 때로 이해할 수 없는 것들이다.

싱네의 남편 어슬레는 오래전부터 살아온 집이 있고, 사랑하는 아내가 있음에도 늘 피오르드 바다에 나가 있고자 한다. 그는 바다에 떠 있는 작은 보트 속에서 무엇과도 비교할 수 없는 편안함을 느낀다. 무엇이 그를 그토록 모든 것에서 벗어나고 싶게 만드는지 싱네는 이해하지 못한다. 바다는 어슬레에게 모든 억압에서 벗어난 근원의 장소, 자유와 영원성을 위한 공간이다. 어슬레는 그 공간을 택하고 다시 돌아오지 않는다. 그와 연결되는 인물은 이름이 같은, 익사한 어슬레다. 사라진 싱네의 남편 어슬레가 죽었는지는 나타나지 않지만 익사한 어슬레로 인해 그는 죽음과 연결되어 있다. 그렇다면 싱네의 남편 어슬레가 택한 자유와 영원성은 죽음과 연결된다. 다른 한편으로 싱네의 의식 속에 여전히 살아 있는 남편 어슬레를 생각할 때, 그와 연결된 익사한 어슬레의 죽음은 단순한 과거 사건에 머물지 않는다. 이 연결 고리에서 자유와 영원성이 죽음과 연결되고 과거는 현재와 이어져 그 경계가 사라진다. 과거와 현재, 삶과 죽음은 구분되지 않는다. 죽음은 삶의 일부로 함께 존재한다. 싱네는 그렇게 인생을 바라본다. 그렇기 때문에 싱네는 과거를 부정하지 않으며, 현재의 그리움과 불안, 무엇에겐가로 향하는 갈망에 대해서도 자체를 담담하게 받아들이고 있을 뿐이다. 삶의 과정에서 겪는 복잡한 내면의 의식, 그 자체가 자신의 존재 확인은 아닌지, 또 다른 한편으로 현실 속에 공존하는 과거와 함께 살아가는 것이 어쩔 수 없는 삶의 본질은 아닌지, 우리는 싱네의 모습을 통해 또 하나, 삶의 형식을 들여다본다.

지은이에 대해

욘 포세는 1959년 노르웨이의 서부 해안 도시 헤우게순(Haugesund) 출생으로 비교문학을 전공한 전업 작가다. 1983년 소설 ≪빨강, 까망≫으로 데뷔한 이후, 1989년 소설 ≪보트 창고≫로 주목받기 시작한다. 시, 에세이, 아동문학 등 다양한 장르의 글을 쓰고 있으나 현재 주목받는 주요 장르는 희곡이며 그가 사용하는 언어는 뉘노르스크(Nynorsk)라는 신노르웨이어다. 포세는 1994년 <그리고 우리는 결코 헤어지지 않을 것이다>가 베르겐 국립극장 무대에 오름으로써 희곡 작가로 데뷔한다. 1998년 <누군가 온다>가 프랑스에서 초연된 이후 2000년부터 독일에서 그의 작품이 지속적으로 공연되어 세계 연극계의 관심을 받는다. 2002년 독일의 권위 있는 연극 전문지 ≪테아터 호이테≫는 욘 포세를 올해의 외국인 작가로 선정했다. 그의 희곡은 지금까지 40여 개 언어로 번역되어 끊임없이 공연되고 있다. 그만큼 욘 포세는 자국보다 외국에서 더욱 높은 평가를 받는 작가로, 최근에는 노벨문학상 후보로 계속 거론되며 중요한 작가로 인정받고 있다.

포세의 작품이 주로 다루는 것은 가족 관계와 세대 간의 관계를 통해 볼 수 있는 인생, 사랑과 죽음 같은 우리 삶의 보편적인 모습들이다. 그의 작품에는 너무나 평범해 보이고 누구나 느낄 수 있는 삶의 그림들이 단순한 구조로 분명하게 드러난다. 이 그림에는 많은 사건이 발생하지 않으며, 항상 같은 인물들이 등장한다. 아버지, 어머니, 아이, 남자(남편), 여자(아내), 소년, 소녀 그리고 배경으로 이웃이 때때로 등장한다. 이들 대부분은 이름이 없으며 고유한 성격도 없다. 인물들은 항상 단순한 일반인이며, 그들의 관계는 한눈에 파악된다. 그렇기 때문에 그의 작품은 평범함과 보편성을 통해 우리의 삶을 다시 한번 성찰하게 만든다. 포세가 만들어 내는 인간관계는 누구나 겪을 수 있는 것이지만 그는 그 관계를 철저히 관찰하고 파악해 낸다. 포세는 이렇게 말한다.

> 작가로서 내가 흥미를 갖는 것은 심리가 아니다. 나는 오히려 성격의 원형을 묘사한다. 나는 인간들 사이의 관계를 묘사하고 싶다. 정체성이 아니라 여러 관계들이 우리의 삶을 조종한다. (…) 내게 문제가 되는 것은 인물들이 서로에 맞서 어떻게 구성되는가, 그들이 그들의 관계를 어떻게 형성하는가, 그들 사이에는 어떤 소리가 존재하

는가다.

포세의 작품은 인간과 인간 사이의 영역, 그 영역 내부에서 일어나는 다양한 상황 속에서 움직인다. 그만큼 포세가 드러내는 현실은 때론 극단화되어 있기도 하지만 구체적이다. 굵은 윤곽으로 이루어진 담담한 그림, 그 사이의 여백에 인간의 삶이 가진 구체적인 모습들이 존재한다. 그것은 현대인이 만들어 내는 의사소통 부재의 사회적 관계이기도 하며 인간 의식 속에 존재하는 무형의 원형질이기도 하다.

포세의 인물들은 대부분 아웃사이더라 할 수 있다. 이들에게서 강하게 나타나는 것은 내면의 방황이고, 그렇기 때문에 고독하고 고립된 상태에서 외부와의 소통이 단절되어 있다. 특별한 사건은 드러나지 않으며 인물들은 자신의 삶 자체를 깊이 들여다본다. 이를 통해 독자는 사랑에 대한 그리움, 만남과 헤어짐, 상실의 경험, 불안, 죽음 그리고 자유에 대한 갈망과 같은 인생의 일면을 만난다. 포세가 그려 내는 이러한 삶의 모습은 누구나 겪고 생각할 수 있는 보편성을 지니고 있어 독자는 그의 이야기에 몰입하게 되며 깊은 감정이입의 순간을 경험한다. 그러나 포세의 이야기는 단순히 피상적이고 가벼운 삶의 단면이 아니라 인간의 존재, 본질에 대한 근원적 질문이기에 이를 통해 독자가 만나는 삶의 성찰은 더욱 깊어질 수밖에 없다. 이러한 보편적 인물과 주제는 포세 스스로 "내가 쓰는 모든 것은 연결되어 있다"라고 밝히고 있듯이 그의 여러 작품에서 지속되고 연결되는 특징을 보인다. 둘만 함께 있고자 하는 <누군가 온다>의 한 남자와 여자는 <어느 여름날>과 <가을날의 꿈>에 등장하는 남자와 여자로도 읽히며 이들의 관계에서 이야기되는 만남과 헤어짐, 사랑과 죽음은 변형과 구체화를 통해 발전한다. 하나의 상황은 다른 작품에서 연장된다. <아들>은 <이름>의 후속극이며 ≪저 사람은 알레스≫는 <어느 여름날>의 소설적 변용이다. 그러나 각각의 텍스트가 드러내는 세밀한 세계는 그 고유성을 지니고 있어 독자는 유사한 주제를 다양한 측면에서 사유할 기회를 얻는다.

무엇보다 포세의 언어는 배우와 연출자에게 큰 도전이다. 그의 언어는 철저하게 압축되고 축약된 형태로, 문장의 조각들, 계속해서 반복되는 단어들로 이루어져 있다. 구두법 없이 쓰인 텍스트는 해석과 리듬의 모든 힘을 배우와 연출자 손에 넘겨준다. 포세의 언어에는 불필요한 소리가 없다. 그렇기에 삶의 본질적인 것이 파묻히지 않는다. 그의 언어는 말의 고유한 움직임 자체다. 거의 모노톤인 문장들, 스타카토처럼 던져지는 문장들 속에 여러 삶의 구조들, 인간의 내면 구조가 현재와 과거의 시간이 교차하는 가운데 응축된 형태로 노출된다. 여기에 침묵의 순간들이 조용히 자리한다. 인물들의 대화 중에 끊임없이 반복되는 "사이"의 침묵, 이 행간을 인물들의 말없는 진실이 넘나든다. 소리와 소리 없음의 독특한 리듬, 깊은 성찰로 채워진 충만의 여백 ― 이 긴장과 이완의 리듬, 깊은 공간을 통해 포세는 인간의 삶이 가진 진정성은 무엇인지 묻는다. 이와 같은 포세의 언어 형식은 고차원의 미니멀리즘에 속한다. 표현의 절제, 수식어의 과감한 생략과 응축된 단문, 마침표까지 생략한 문장의 사슬로 포세의 독특한 언어는 표면에 드러나듯 그렇게 단순하지 않다. 나타내지 않고 감춤으로써 표현과 의미의 확장을 이루고자 하는 미니멀리즘 전략은 포세의 언어에서 더 높은 차원으로 발전해 있다. 또한 중간에 자주 끊기는 문장, 반복되는 문장은 그의 언어적 특징에 속한다. 이 끊김과 반복의 리듬은 평이한 단문을 아름다운 시의 언어, 음악의 언어로 바꾸어 놓으며 침묵의 순간들은 내적인 빈자리를 형성한다. 이는 포세가 10대 시절, 거의 광적으로 빠져들었던 음악적 경험에서 기인하는 것으로 보인다. 그는 한 인터뷰에서 다음과 같이 말한다.

나는 일찍부터 아주 집중적으로 음악을 연주했다. 록밴드에서 그리고 그 밖에 고전음악을 바이올린과 기타로, 하루에 여섯 번 내지 일곱 번씩, 거의 병적이었다. 나는 형편없는 음악가였고, 열여섯 살 때 음악을 그만두었다. (…) 언어 자체는 물론 음악이 아니다. 단어들은 그것들이 의미하는 바를 의미한다. 이야기가 있고 인물이 있다. 하지만 나는 글을 쓸 때 그에 신경 쓰지 않는다. 나는 어떤 것도 신경 쓰지 않는다. 대신 일종의 음악적 구조에 빠져든다.

때론 말의 전면에, 때론 말의 뒤에 자리하는 사이와 침묵의 빈자리는 말할 수 있는 모든 것을 포함하기도 하며 말할 수 없는 모든 것을 담아내기도 한다. 모든 것을 포함하기도 하며 아무것도 담지 않은 여백의 공간이 존재한다. 이 같은 포세의 언어는 그가 성장한 곳이 피오르드 해안의 조용한 작은 마을이었다는 점과도 관련 있다. 그의 마을 사람들은 말을 많이 하지 않았고 감정을 직접 표현하지 않았으며 그런 곳에서 성장한 것이 자신의 언어에 영향을 주었음을 포세는 한 인터뷰에서 밝힌 바 있다. 인물들은 말해지지 않은 것을 듣는다. 독자에게도 말해지지 않은 것이 들린다. 그 울림이 가슴을 채우는 충만의 순간은 오롯이 독자의 몫이다.

이 같은 포세의 고유한 언어는 소설로 보자면 숨 막힐 듯 빽빽한 과잉의 설명과 인위적 스토리텔링으로 가득한 현대소설에 새로운 소설 언어를 제시한 것이며, 희곡으로 보자면 현란한 이미지와 물질성으로 가득 찬 현 시대 희곡의 흐름에서 벗어나 본질적인 언어 예술로서 희곡의 회복을 의미한다.

포세의 성장 배경은 그의 언어뿐만 아니라 작품 배경에도 그대로 이입된다. 그의 많은 작품에 배경이 되는 곳은 피오르드의 자연이다. 바다와 해안, 외부와는 격리된 외딴집 그리고 여기에 긴 세월을 담고 있는 오래된 사물들이 존재한다. 다시 포세의 말을 들어 보자.

> 내가 쓰는 모든 것의 토대가 되는 것은 해변의 바에서 들려오는 소리, 가을의 어둠, 좁은 마을길을 걸어 내려가는 열두 살짜리 소년, 바람 그리고 피오르드를 울리는 장대비, 불빛이 새어 나오는 어둠 속의 외딴집, 어쩌면 자동차 한 대가 지나간… 이러한 것들이다.

이렇듯 포세의 텍스트에 담겨 있는 공간은 인위적인 사회의 관습과 제도, 의무 그리고 그것이 만들어 내는 억압으로부터 벗어난 자유로운 공간이다. 이 공간에 과거와 현재가

혼재하며 인물들은 자신의 근원적 존재에 대한 의미를 생각한다.

포세는 첫 희곡 <누군가 온다>(1992) 집필 이후, 인간관계를 본질적으로 표현하는 데 가장 적합한 형식으로서 희곡을 새롭게 발견한다. 희곡 <어느 여름날>(1999)로 2000년 북유럽연극상을 수상하고, 같은 해 <이름>(1995)이 오스트리아 잘츠부르크 연극제에서 독일어권 최초의 공연을 이룬 뒤 오스트리아의 연극 오스카상인 네스트로이연극상을 수상하며 그는 유럽 최고 작가 반열에 올랐다. 포세는 2007년 스웨덴아카데미북유럽상, 2010년 국제입센상을 수상하며 다시 한번 문학적 위치를 인정받았고, 2014년에 유럽문학상, 2015년 북유럽협의회문학상을 수상했으며 2017년에는 그의 작품 대부분을 독일어로 번역한 힌리히 슈미트-헨켈과 공동으로 독일 뮌스터 시가 수여하는 국제문학상을 받았다. 위에 언급한 것 이외에 대표적인 희곡 작품으로는 <아들>(1997), <가을날의 꿈>(1999), <기타맨>(1999), <방문>(2000), <겨울>(2000), <죽음 변주곡>(2001), <소파 위의 소녀>(2002), <자줏빛>(2003), <잠>(2005), <람부쿠>(2006), <그림자>(2006), <나는 바람>(2007), <테벤에서의 죽음>(2010) 등이 있다. 소설로 ≪멜랑콜리 I, II≫(1995/96), ≪아침과 저녁≫(2000), ≪저 사람은 알레스≫(2003), ≪불면≫(2008) 등이 있고, 시집으로 ≪설명할 수 없는 이 고요≫(2015)가 있다. 우리나라에서는 <가을날의 꿈>을 시작으로 <어느 여름날>, <겨울>, <이름>, <기타맨>, <나는 바람>이 공연된 바 있으며, ≪가을날의 꿈 외≫, ≪이름/기타맨≫ 두 권의 희곡 번역서가 나왔다.

포세의 최근 작업은 주로 희곡에 집중되어 있지만 그는 이미 1989년 ≪끊임없이 늦은≫으로 뉘노르스크아동문학상을 수상하고, ≪오누이≫(2000)로 2007년 독일 아동문학상을 수상한 뛰어난 아동문학가이기도 하다.

옮긴이에 대해

정민영은 한국외국어대학교 독일어과와 동 대학원을 졸업하고(독문학박사) 독일 뷔르츠부르크대학에서 현대독일문학을 수학했다. 한국브레히트학회 회장을 지냈으며, 현재 한국외국어대학교 독일어과 교수다. 저서로 ≪카바레. 자유와 웃음의 공연예술≫, ≪하이너 뮐러 극작론≫, ≪하이너 뮐러의 연극세계≫(공저), ≪하이너 뮐러 연구≫(공저) 등이 있고 번역한 책으로 ≪뮐러 희곡선≫, ≪뮐러 산문선≫, ≪하이너 뮐러 평전≫, ≪로리오 코미디 선집≫, 카를 발렌틴 선집 ≪변두리 극장≫, 탕크레트 도르스트의 ≪검은 윤곽≫, 엘프리데 옐리네크의 ≪욕망≫, 욘 포세 희곡집 ≪가을날의 꿈 외≫, 욘 포세의 ≪이름/기타맨≫, 우르스 비드머의 ≪정상의 개들≫, 볼프강 바우어의 ≪찬란한 오후≫, 독일어 번역인 정진규 시선집 ≪Tanz der Worte(말씀의 춤)≫ 등이 있다. 그 밖에 <독일어권 카바레 연구 1, 2>, <전략적 표현 기법으로서의 추>, <예술로서의 대중오락-카를 발렌틴의 희극성>, <재인식의 웃음 - 로리오의 희극성>, <하이너 뮐러의 산문>, <한국 무

대의 하이너 뮐러>, <Zur Rezeption der DDR-Literatur in Südkorea> 등 논문이 있다.

옮긴이에 대해

정민영은 한국외국어대학교 독일어과와 동 대학원을 졸업하고(독문학박사) 독일 뷔르츠부르크대학에서 현대독일문학을 수학했다. 한국브레히트학회 회장을 지냈으며, 현재 한국외국어대학교 독일어과 교수다. 저서로 ≪카바레. 자유와 웃음의 공연예술≫, ≪하이너 뮐러 극작론≫, ≪하이너 뮐러의 연극세계≫(공저), ≪하이너 뮐러 연구≫(공저) 등이 있고 번역한 책으로 ≪뮐러 희곡선≫, ≪뮐러 산문선≫, ≪하이너 뮐러 평전≫, ≪로리오 코미디 선집≫, 카를 발렌틴 선집 ≪변두리 극장≫, 탕크레트 도르스트의 ≪검은 윤곽≫, 엘프리데 옐리네크의 ≪욕망≫, 욘 포세 희곡집 ≪가을날의 꿈 외≫, 욘 포세의 ≪이름/기타맨≫, 우르스 비드머의 ≪정상의 개들≫, 볼프강 바우어의 ≪찬란한 오후≫, 독일어 번역인 정진규 시선집 ≪Tanz der Worte(말씀의 춤)≫ 등이 있다. 그 밖에 <독일어권 카바레 연구 1, 2>, <전략적 표현 기법으로서의 추>, <예술로서의 대중오락-카를 발렌틴의 희극성>, <재인식의 웃음-로리오의 희극성>, <하이너 뮐러의 산문>, <한국 무

대의 하이너 뮐러>, <Zur Rezeption der DDR-Literatur in Südkorea> 등 논문이 있다.

저 사람은 알레스

지은이 욘 포세
옮긴이 정민영
펴낸이 박영률

초판 1쇄 펴낸날 2018년 10월 11일

지식을만드는지식
02880 서울시 성북구 성북로 5-11 (성북동1가 35-38)
출판등록 2007년 8월 17일 제313-2007-000166호
전자우편 zmanz@eeel.net
홈페이지 www.zmanz.kr

ZMANZ
5-11, Seongbuk-ro, Seongbuk-gu, Seoul, 02880, KOREA
phone 82 2 7474 001, fax 82 2 736 5047
e-mail zmanz@eeel.net
homepage www.zmanz.kr

DAS IST ALISE by Jon Fosse
All rights reserved by the proprietor throughout the world in the case of brief quotations embodied in critical articles or reviews.

Korean Translation Copyright ⓒ 2018 by Communication Books Inc., Seoul
Copyright ⓒ 2003 by mareverlag, Hamburg
Copyright ⓒ 2003 by Jon Fosse

This Korean edition is published by arrangement with
Literarische Agentur Kossack GbR, Hamburg through Bestun Korea Literary
Agency Co, Seoul

지식을만드는지식은 커뮤니케이션북스(주)의 인문 출판 브랜드입니다.
이 책의 한국어판 저작권은 베스툰 코리아 출판 에이전시를 통해
저작권자와의 독점 계약으로 커뮤니케이션북스에 있습니다. 저작권법에 의해
한국 내에서 보호를 받는 저작물이므로 무단 전재와 무단 복제를 금합니다.

ⓒ 정민영, 2018

ISBN 979-11-288-3264-2
979-11-288-3265-9 (큰글씨책)
979-11-288-3266-6 (PDF 전자책)

책값은 뒤표지에 있습니다.